새벽을 달린다

새벽을 달린다

발행일   2023년 5월 12일

지은이   박영순
펴낸이   손형국
펴낸곳   (주)북랩
편집인   선일영   **편집**   정두철, 배진용, 윤용민, 김부경, 김다빈
디자인   이현수, 김민하, 김영주, 안유경   **제작**   박기성, 황동현, 구성우, 배상진
마케팅   김회란, 박진관
출판등록 2004. 12. 1(제2012-000051호)
주소   서울특별시 금천구 가산디지털 1로 168, 우림라이온스밸리 B동 B113~114호, C동 B101호
홈페이지 www.book.co.kr
전화번호 (02)2026-5777   **팩스**   (02)3159-9637

ISBN   979-11-6836-879-8 03810 (종이책)   979-11-6836-880-4 05810 (전자책)

(주)북랩 성공출판의 파트너

북랩 홈페이지와 패밀리 사이트에서 다양한 출판 솔루션을 만나 보세요!

홈페이지 book.co.kr   •   **블로그** blog.naver.com/essaybook   •   **출판문의** book@book.co.kr

작가 연락처 문의 ▶ ask.book.co.kr

작가 연락처는 개인정보이므로 북랩에서 알려드릴 수 없습니다.

새벽을 달린다

박영순
에세이

북랩

I.

시작

오늘은 국개[1] 테니스 시합이 있어 새벽운동을 가지 않았다. 평소 같으면 5시에 일어나 테니스장으로 달려가 두 게임을 하고 출근하는데 시합 때문에 조금은 여유로운 새벽시간을 보내고 있노라니 여명에 물든 푸른 창밖으로 지나간 시간들이 주마등처럼 스쳐 지나간다.

별로 많이 뛴 것 같지 않은데 뒤를 돌아보니 꽤 많은 인생길을 달려왔고 다시 또 남은 인생을 뛰려 숨 크게 내 쉬고 보폭을 넓혀 보며 이 글을 시작한다.

---

1 국화부+개나리부

II.

성장과 가족

1. 고향

    충청남도 예산군, 역전에서 아주 가까운 산성리 2구라는 마을에서 나는 7남매의 막내로 태어났다. 막내라는 이유로 어릴 적부터 하고 싶은 것 마음대로 하고 살아왔다. 우리 집은 농사를 짓지 않아서 넉넉지 못했다. 하지만 언제나 언덕 위에 있는 대문을 여는 순간 나의 눈과 마음과 꽃들로 채워지는 부자가 되었다. 봄부터 늦가을까지 꽃들이 만발했다. 채송화, 봉선화, 분꽃, 동백꽃, 칸나, 사발꽃[2], 해바라기 등을 보면서 나는 어린 시절을 보냈다. 도화지 같던 겨울이 지나 봄이 오면 물감을 덧댄 듯 꽃밭이 저절로 오색 색깔로 가득 채워지는 그런 곳이 내 집이었다. 아버지께서 하늘나라로 가시기 전까지는……

---

[2] 불두화라고도 불리며 꽃이 밥사발 만큼 크게 핀다고 하여 사발꽃이라고 불렀다.

2. 아버지

언니 넷에 오빠 둘, 나이 드신 부모님은 막내인 나를 불쌍하다고 많이 예뻐해 주셨다. 특히 아버지는 어릴 때부터 어디든 가실 때면 내 손을 꼭 잡고 데리고 다니실 정도로 유난히 예뻐해 주셨다. 고모 댁을 자주 갔는데 그곳은 따뜻한 기운이 몸을 감싸는 온양온천이 있는 현충사 옆 백암리라는 마을이었다. 기차를 타고 또 버스를 타고 한참이나 걸어 들어갔던 기억이 난다. 그때 잡고 걸었던 투박하고 거칠지만 따뜻했던 아버지 손의 촉감도 기억에 난다.

아버지는 일찍이 몸이 편찮으셨다. 집에 계시면서 앞마당에는 소를, 뒷마당에는 돼지를, 그리고 마루 밑에는 개, 고양이 등을 키우셨다. 지금 생각해 보면 우리 집은 영락없는 동물농장이었다. 그 속에서 어린 시절을 보낸 나는 나이가 든 지금도 TV에서 동물농장이 나오면 그곳이 내가 살던 그곳 같아 눈을 떼지 못하고 채

널을 고정하곤 한다.

초등학교[3] 5학년 때였다.

그 당시는 체력장을 해서 중학교를 가던 시절이었다. 1,000m 장거리 달리기 체력장에서 운동장 다섯 바퀴를 뛰어야 했는데 내가 다른 친구들과 운동장 한 바퀴 이상 차이를 낸 역사적인 일이 있었다. 순간 모든 사람들이 깜짝 놀랐다. 그때부터 주변 사람들뿐 아니라 나 자신도, 운동을 잘하는 타고난 사람으로 인식하게 된 것 같다. 그 후 학교 대표로 군 대표로 시합에 참가하게 되었다. 그렇게 시합에 나갈 때면 몸이 불편해서 집에 계시던 아버지께서는 흐뭇해하시며 박카스를 사가지고 오셔서 응원해 주셨다. 어쩌면 아버지께서는 내가 아버지 손에 들려있던 박카스 같은 힘을 주는 존재였는지도 모르겠다.

모두가 교복을 입고 중학교를 가던 날, 나는 장독대 위 담장 너머로 친구들이 등교하는 모습을 바라만 보아야만 했다. 넉넉지 못한 우리 집에서는 작은오빠가 중학교에 가야 되니 큰오빠는 중학교를 가지 말라고 했다.

'가깝게 지내던 친구들 모두 가고 생일이 늦은 조카 경숙이[4]도 중학교에 가는데, 교복도 너무 입고 싶은데……'

나도 중학교에 너무너무 가고 싶었다. 아쉬움에 날마다 등교시

---

3   그 당시의 국민학교
4   큰 언니 딸

간이 되면 친구들이 학교에 가는 모습을 지켜보았다. 만화방에서, 다락방에서 만화만 보면서 1년의 시간이 지났다. 그러던 어느 날, 드디어 나도 중학교를 갈 수 게 되었다. 그토록 입고 싶었던 교복을 입고 책을 가득 넣은 무거운 책가방을 들고 마을을 빠져 나가는 나의 발걸음은 새털처럼 가벼웠다. 그토록 소망하던 날이었으니까.

그런데, 중학교에 입학하여 즐겁게 학교생활을 한 지 얼마 지나지 않아 내가 세상에서 제일 사랑하는 아버지께서 돌아가셨다. 돌아가시기 전날 밤 마지막 생이신 줄 아셨던지 막내인 나를 애타게 찾으셨는데 그놈의 잠 때문에 아버지 방과 내 방 사이를 두어 번 왔다 갔다 하다가 그만 잠들어 버렸다. 새벽에 깨어보니 아버지는 이미 하늘나라로 가신 뒤였다. 우리 막내 하지도 않으시고 아버지 아버지 아무리 불러도 대답이 없었다.

평소 아버지가 잘 가시던 천수당 약국에 가서 수면제를 사가지고 와서는 아버지한테 따라 간다고 수면제를 한 움큼 먹고 잠이 들었다. 얼만큼 잤는지 깨어보니 아버지 상여가 나가고 있었다. 내 작은 힘으로 아무리 잡고 못 가게 막아도 아버지의 상여는 '아이고~ 아이고~~' 하는 소리와 함께 영원히 가버렸다. 아버지 없이 세상을 살아가는 나에게는 큰 변화가 일어났다. 늘 씩씩하고 활기찼던 난 그 이후 아무하고도 말하지 않는 외로운 아이로 변해버렸다. 혼자 있는 시간이 많아졌다. 혼자 3층 교실 끝 복도에서 테니

스장을 바라보곤 했다. 테니스를 배우는 중학교 남학생 선수들이
보였다. 그들의 활기찬 모습, 땀 흘리며 운동하는 모습을 보고 있
노라면 아버지를 보낸 나의 허전함과 외로움이 조금씩 사라지는
것을 느끼기도 했다.

3. 엄마

'엄마'라는 단어만 떠올라도 가슴이 아프다. 아주 아주 어린 시절부터 새벽에 일어나 눈을 떴을 때 옆자리에 계셔야 할 엄마는 안 계셨다. 일찍부터 몸이 편찮으신 아버지는 집에서 가축을 키우시며 자전거로 한 시간 거리에 있는 예당저수지에 가서 낚시를 하고 돌아 오셨다. 그래서 어디에 갔다 오면 항상 집에 가면 아버지가 계셨다. 그러다 보니 우리 집 경제를 책임지는 것은 늘 엄마의 몫이었다. 새벽에 일찍 나갔다가 늦은 밤에 들어오시는 울 엄마는 다른 집 엄마처럼 따뜻하지도 다정하지도 않았다. 여러 자식을 키워야 하는 삶의 무거운 무게 때문이었던가 보다.

5일 장을 따라다니며 노점에서 장사를 하시던 엄마는 쉬는 날이면 청주에 살고 있는 큰이모 집에 가셨다. 그래도 이모 집에 갈 때는 나를 꼭 데리고 가셨다. 큰이모 집에는 누에도 키우고 논밭도 많았다. 큰이모는 아들을 자그마치 9명이나 낳아서 내겐 이종

사촌 오빠가 9명이나 되었다. 그중 몇 명은 외지로 나가고 또 몇 명은 이모 집 가까이에 살고 있었다. 이모 집에 갈 때면 여기저기 이종사촌 오빠들을 따라 다니느라 시간 가는 줄 모르고 지내다 오곤 하였다. 그 외 울엄마가 어디에 가시는 것을 본 적이 없다.

그런 어머니의 다른 모습을 본 기억에 난다.

초등학교 시절, 하루는 친구들하고 다툼이 있었다. 그런데 어쩌다 보니 부모님 싸움으로 번졌다. 평소 내게 관심이 없다고 생각했던 엄마는 필사적으로 나를 감싸며 상대방을 제압하였다. 어린 마음에 우리 엄마는 키는 작아도 대단한 사람이라는 것을 알게 되었다. 또한 그때 막내인 나를 얼마나 사랑하시는지도 알게 되었다.

우리 집 부엌 찬장에는 조그마한 종지가 있다. 늘 그 안에는 잔돈이 들어 있었다. 급할 때 한번 쓰고 난 뒤 부터는 난 그 돈으로 사탕도 사 먹고 준비물도 사며 필요할 때마다 가져다 쓰곤 했다. 그런데도 종지 안에 든 돈은 늘 그대로 있었다. 마르지 않는 샘물처럼 말이다. 나중에 알고 보니, 엄마가 매일 일찍 나가서 늦게 들어오시니 필요할 때 쓰라고 넣어두신 거였다.

한때는 온양온천에 사는 큰고모로 인해 온가족이 교회에 나간 적이 있었다. 엄마는 잠자는 내 옆에 있던 성경책 사이에 십 원짜리 지폐 한 장을 넣어두고 나가셨다. 엄마가 가지고 있던 돈 중 가장 새 돈으로 말이다. 엄마가 되고 보니 엄마의 사랑이 내게 깊이 스며들어 나를 이렇게 힘차게 살게 하는구나 싶어 살아갈수록 뭉

클해진다. 그렇게 모인 엄마의 사랑이 나의 아이들에게 또 흘러가는가 보다.

중학교 1학년 때, 아버지께서 돌아가시고 엄마는 나이가 더 많이 들어 내가 고등학교에 들어가기가 힘들었을 때에도 엄마는 많이 배우는 것은 좋은 거라 말씀하시면서 계속 장사를 다니며 생활비와 학비를 보내주셨다. 오빠와 언니들은 엄마를 그만 쉬게 하려고 고등학교 진학을 포기하라고 하였다. 그래도 울엄마는 내가 대학을 졸업할 때까지 학비를 지원하기 위해 비가 오나 눈이 오나 5일장을 매일 나가셨다.

기억력이 좋으신 엄마는 쉬는 날이면, 충청도에서 기차와 버스를 번갈아 타고 나의 자취방을 찾아오셨다. 한번은 자취방을 옮겼다고 미리 말씀드리지 못해서 엄마가 그전에 살던 집에 가신 적이 있다. 공중전화만 있던 시절, 연락할 길이 없었는데도 엄마는 용케 내가 새로 옮긴 자취방을 잘 찾아오셨다. 그 전에 살던 집에 가보니 이사 갔다고 하여 바로 학교 행정실로 찾아가 나의 이름을 대며 주소를 알려 달라고 해서 찾아오셨다고 한다.

발령을 받고 선생님이 되었을 때, 엄마는 세상에서 가장 기쁘다고 하시며 행복해 하셨다. 85세의 나이로 돌아가시는 마지막 순간까지 막내딸 자랑을 하다 돌아가셨다고 한다. 막내딸 뒷바라지를 하느라 늦게까지 돈을 벌어야 했고 늘 검소하게 살아야 했는데도 엄마는 내 덕에 행복하다고 하셨다. 늘 성실하고 검소하던 엄마는

새벽을 달린다

주변 사람들에게 우리 막내딸이 선생님이라고 자랑하시다 85세에 다른 세상으로 떠나셨다.

일찍이 아버지가 세상을 떠나시고 혼자서 외롭게 고생하면서 사셨기에 돌아가신 후에는 아버지가 계시는 천안공원묘지에 안장시켜 드렸다. 교장으로 첫 부임한 올봄에 막내딸 교장 되었다고 말씀드리러 천안공원묘지를 찾아가 보니 주변 온 천지에 철쭉이 만발하여 피어 있었다. 그곳에 내리쬐는 햇살이 꼭 엄마의 품처럼 따사롭고 포근해서 오랫동안 그곳에 앉아 막내딸 애교 부리듯 웃었다. 그리고

"엄마, 아버지! 막내딸 낳아주시고 잘 키워 주셔서 너무 감사합니다."

하고 큰 절을 하였다.

아주 어린 시절 매월 초하루만 되면, 엄마는 시루떡을 해서 찬물 한잔과 함께 장독대 앞에 두고 절을 하셨다. 아마도 엄마의 간절한 기도로 내가 이렇게 잘 살고 있는 것 같다.

4. 작은오빠

난 언니 4명에 오빠가 2명 있다. 딸 다섯에 막내이다. 언니들과 나이 차이가 많다 보니 세 살 위인 작은오빠와 아웅다웅하면서 어린 시절을 보냈다. 작은오빠가 있어서 좋은 일도 많이 있었지만 함께 붙어 다니다보니 다툼도 잦았다. 그럴 때면 아버지는 작은오빠를 혼내셨다. 나한테는 아무런 말씀 안 하시고 말이다. 금방 다투어서 울다가도 작은오빠가 안 보이면 온 동네를 찾아 나섰다.

인천에서 고등학교를 다니다 보니 작은오빠를 자주 만날 수 없었다. 하지만 명절에는 제사를 지내려고 내려 온 작은오빠를 보기 위해 꼭 예산 집에 갔다. 작은오빠는 공부가 하기 싫어서 예비고사를 볼 때 시험을 보지 않고 온양으로 도망갔다고 한다. 시험시간이 다 끝나고도 늦게 돌아와서 아버지께 많이 혼났다.

그 이후, 작은오빠는 군대도 가고 멀리 취직도 했다. 떨어져서

보기에는 장가가서 딸, 아들 낳고 편안하게 잘 사는 것 같았다. 명절이면 만나서 맥주도 한 잔씩 나누며 어린 시절 개구리를 잡으러 논두렁을 헤매던 이야기나 현재 살아가는 이야기를 하면서 즐겁게 보냈다.

그러던 어느 추석날, 제사를 지내고 각자 집으로 가기 위해 버스를 기다리고 있었다. 모든 버스가 만원이라서 택시를 타고 천안으로 이동한 적이 있었다. 그때 작은오빠는

"우리 아란이[5] 엄마는 내가 없어도 잘 살 거야."

하며 못 알아들을 이야기를 하였다. 그리고 다시는 추석에 오빠를 볼 수 없었다.

1988년 3월 대구 시내에 첫 발령을 받아 열심히 근무하던 중이었다. 2000년 4월 13일 금요일 아침, 출근하고 얼마 지나지 않아 교무실에서 급한 전화가 왔다고 했다. 뛰어가 받아 보니 오빠의 좋지 않은 소식이었다. 청주에서 근무하던 작은오빠가 사고가 나서 돌아가셨다고 했다. 봄비가 내리는 가운데, 버스를 타고 가는데 그날따라 얼마나 멀던지 한참이 걸린 후에야 청주병원 영안실에 도착했다. 가족들이 모두 와 있었다. 도무지 실감이 나지 않았다. 사고 이유는 오빠가 맡은 기계가 주중에 자꾸 멈추어서 주말에 나와 고치겠다고 하며 기계를 멈추고 고치던 중 누군가가 기계

---

5 조카이름

를 작동시켜 사고가 났다고 했다.

그날 밤, 여관방에서 달력을 보니 서양에서 불행히 여긴다던 13일의 금요일이었다. 언젠가 보았던 영화 <13일의 금요일>이 떠올라 소름이 돋고 오싹했다. 그 영화를 본 후부터는 왜 그런지 기분이 별로 좋지 않아 조심하였는데 정말 나쁜 날이 되어버렸다.

먼저 가신 아버지를 원망하였다. 어린 자녀가 둘이나 있는데 어떻게 데려가실 수가 있냐고, 반면 제발 다시 돌아오게 해달라고 빌고 또 빌었다. 그렇지만 나의 어릴 적 친구 같던 오빠는 돌아오지 않았다.

너무도 많은 세월이 지난 지금, 봄이 오면 오빠가 그립다. 천안 공원묘지에 혼자 외롭지 않게 엄마, 아버지 옆에 누워 계셔서 조금은 다행이다. 가끔은 동생 영순이가 잘 살고 있네 하며 담소를 나누시겠지….

새벽을 달린다

III.

스타트-업

1. 그해 겨울, 큰 내딛음

　　그해 겨울, 여느 해와 다름없이 눈이 많이 내렸다. 충청도
는 그때만 해도 겨울이 되면 하루가 멀다 하고 무릎 만큼씩이나
눈이 쌓였다. 불현듯 나도 테니스를 배워야겠다는 생각이 들었다.
그 생각과 동시에 테니스장 눈을 치우기 시작했다. 모두들 잠든
시각에 나가서 그 많은 눈을 치우고 집으로 돌아오곤 하였다. 중
학교 선수들 테니스 훈련장뿐 아니라 고등학교 테니스장까지 깨
끗이 치웠다. 다음날도, 그 다음날도……

　　그렇게 한 달쯤 되었을까? 겨울 방학이 끝날 즈음이었다. 그날
도 이른 새벽에 나가 땀 흘리며 열심히 눈을 치우고 있었다. 그때
였다. 어떤 남자 선생님 한 분이 나타났다. 그 고등학교에서 가장
무섭다고 소문난 진용준 선생님이었다. 순간 겁에 질려 도망가려
고 하던 찰나, 진용준 선생님은 너무나도 따뜻한 음성으로 나에게
말을 걸었다.

"네가 매일 아침마다 눈을 치웠니?"

"네!"

"이렇게 매일 아침마다 눈을 치우는 이유가 뭐니?"

"저도 테니스를 배우고 싶어요."

나는 작지만 당찬 목소리로 대답했다.

잠시 침묵이 흘렀다. 진용준 선생님은 내 말이 뜻밖이었는지 무언가 생각을 하는 듯했다.

"앞으로 연습에 합류해!"

마음에서 두웅 하고 북이 치는 듯 심장이 두근거렸다. 더운 여름날 같은 현기증도 일었다. 내게 기회란 것이 찾아온 것이다.

진용준 선생님은 오래된 테니스 라켓을 나에게 주셨다. 꿈만 같았던 일이 이루어졌다. 그때 얼마나 기뻤는지 모든 소원을 다 이룬 것마냥 행복했다. 하루는 언니가 교복 위에 입는 코트를 사 입으라고 돈을 준 적이 있는데 그 돈으로 코트를 사 입지 않고 난생처음 테니스 라켓을 구입했다.

중학교 2학년을 시작할 즈음, 남자 중학교 선수 15명 속에 여자로서는 나 혼자서 테니스를 시작하였다. 그때부터 깜깜한 새벽에 별을 보고 나가 해가 지고 달이 보이는 늦은 밤에 집으로 들어오기 시작했다.

그러기를 2년, 고등학교를 특기자로 가려고 하니 상장이 없어서 안 된다고 하였다. 그러고 보니 테니스 연습만 열심히 했지 대회에 나간 적이 없었다. 사실 상장이 없어도 고등학교 특기자로 갈 수 있었다. 천안에 있는 사립 여고[6]에 들어가 한 달 동안 합숙 훈련도 했다. 그런데 큰오빠가 가까운 고등학교에 가지 않을 거면 가지 말라고 해서 하는 수 없이 집에서 가까운 공립 고등학교(여고)에 입학원서를 냈던 것이었다. 후보로 이름이 올라 가 있었지만 결국 난 상장이 없다는 이유로 고등학교에 진학하지 못하고 또 다시 재수생이 되었다.

---

6 사립학교

2. 힘찬, 나의 두 번째 발자국

　　내가 중학교에 다니던 70년대는 매우 어려운 시절이었다. 학급에서 절반 정도의 여학생들은 방직공장으로 가던 시절이었다. 하지만 난 끝까지 방직공장에 가지 않고 재수생이 되었다. 나는 운동으로 꼭 상장을 따서 고등학교에 가겠다고 다짐했다. 그때부터 같은 재단에 있는 고등학교 육상부를 따라 뛰기 시작했다. 남자 선수들 속에 뛰다 보니 다리에 무리가 가서 훈련이 시작된 지 얼마 되지 않아 다리를 절룩거리며 달리곤 하였다.

　　절름발이로 육상을 시작한 지 1년, 나는 대전에서 열리는 5㎞ 단축 마라톤 대회 일반부에 참가해서 당당히 1등을 하였다. 너무 기쁜 나머지 이 소식을 당시 펜팔 하던 친구한테 전하였다. 그 친구는 자신의 일처럼 매우 기뻐해 주었다. 그리고는 이곳에 오면 반드시 성공할 거라고 말하며 자신이 다니고 있는 체고에 원서를 낼 수 있도록 추천해 주었다. 펜팔 친구의 말을 믿고 나는 무작정 상장 하나를 들고 체육고등학교를 찾아갔다. 체고에 도착하여 테니스 훈련하는 장소를 찾았다. 마침 감독 선생님이 체력 훈련을 시키고 계셨다. 나는 육상 상장을 보여 드리며 테니스부에 넣어 달라고 부탁드렸다. 내 모습이 당돌해 보였는지 감독 선생님은 테스트를 한번 해보자고 하셨다. 공을 잘 치는 선배들과 시합을 시켜 주셨는데 운 좋게도 내가 모두 다 이겼다. 그러자 특기자로 받아주겠다고 말씀하시며 입학도 하기 전에 바로 합숙 훈련에 참가하도록 기회를 주셨다. 그렇게 소중하게 얻게 된 기회를 놓치지 않고 동계 합숙 훈련을 마치고 입학하자마자 난 인천종별선수권대회에 참가하였다. 단식, 복식, 혼복[7] 모두 1등을 해서 3관왕이라는 성적을 거두게 되었다. 그 후 운동 못지않게 공부도 뒤지지 않으려고 아주 열심히 했다. 새벽에는 운동을, 밤에는 공부를 했다. 다른 사람 자는 시간을 아껴 열심히 하였다.

공부에 관심을 두게 된 것은 우리 담임 선생님 덕분이었다. 고등학교 2~3학년 때 담임 선생님이셨던 정승주 선생님은 대구 효성여대 역사학과를 졸업하고 체고에 첫 발령을 받아 오신 분이었다. 담임 선생님은 나에게 늘 열심히 하라고 따뜻하게 응원해 주셨다.

어느 추운 겨울날 선생님한테 처음으로 선물을 받았다. 빨강 벙

---

7 혼합복식

어리장갑이었다. 겨울날 차가운 손을 데워주던 그 장갑 속에 선생님의 사랑도 함께 담겨서인지 손은 겨울 내내 온기를 잃지 않았다. 그리고 그때의 감사하고 소중한 기억이 나의 마음에 아로새겨져 있다.

3. 대학에 갈 즈음

대학에 갈 즈음, 가정형편을 잘 아는 담임 선생님은 대구 교육대학에서 선생님이 되어 보는 것이 어떻겠느냐고 제안해 주셨다. 사실 내 어릴 적 꿈은 여군인 또는 여경찰이 되는 것이었다. 운동을 시작한 이후로는 국가대표가 꿈이었다. 내 이름도 날리고 우리나라도 빛내고 싶었다. 그런데 내가 선생님이 되려고 교대를 가다니……. 원서를 내는 것만으로도 놀랍고 신기할 따름이었다. 선생님은 진짜로 똑똑한 사람만이 되는 것이라고 생각했기 때문이다. 내가 과연 잘 할 수 있을까 하는 의구심이 무색하게도 난 교대에 한 방에 떡하니 붙었다. 처음으로 재수하지 않고 입학한 것이다.

4. 하면 된다

　나는 동기들보다 한 살 늦은 9살에 초등학교에 입학했다. 그리고 중학교 들어갈 때 재수, 고등학교 때 상장 없어서 또 재수를 했다. 그러다 보니 난 삼수생의 나이로 대학에 입학하게 되었다. 세 살이나 어린 동생들과 캠퍼스 생활을 하는데도 난 그 자리에 있는 것만으로도 행복했다. 두 살 어린 선배들에게도 깍듯하게 인사하고 대접하였다. 그래서인지 큰 무리 없이 대학 생활에 잘 적응해 나갔다.

　대학에 입학한 지 며칠 지나지 않아 서울 잠실운동장에서 국제 동아마라톤대회가 열렸다. 나는 이 대회에 참가하여 마라톤 풀코스인 42.195km 완주하여 7위로 결승선을 통과했다. TV에 1등한 선수가 인터뷰할 때 함께 소감 발표를 하게 되면서 나의 운동 실력이 대구에도 알려지게 되었다. 대회 후 학교에 돌아오니 체육과 교수님들의 칭찬과 함께 앞으로 계속 운동할 수 있도록 지원해 주겠다고 하셨다. 그 이후부터는 새벽 5시에 일어나 높은 앞산을 뛰어다녔다. 비가 오나 눈이 오나 하루도 쉬지 않고 연습에 연습을 거듭하였다. 1학년 가을에는 인천에서 열리는 전국체육대회에 대구 대학부 대표로 참가하였다. 하지만 아쉽게도 4등을 하여 메달을 따지 못했다.

그래도 '하면 된다'는 희망을 가지고, 돌아와서 더 열심히 훈련을 했다. 2학년 때 대구시 대표로 전국체육대회에 참가해서 금메달을 목에 걸었다. 학교생활을 하면서도 꾸준히 훈련을 하여 3학년 때도 춘천에서 열리는 전국체육대회에 참가하여 대학부 신기록을 세우면서 또 다시 금메달을 땄다. 4학년 때는 서울에서 전국체육대회가 열렸는데 설마하던 메달을 거기서도 금메달을 따 세 번째 금메달을 목에 걸었다. 드디어 난 전국체육대회 중장거리 20km 대학부 3연패의 기록을 세우게 되었다. 어릴 때부터 차근차근 다져온 훈련이 이곳 대구에 와서 빛을 발한 것 같다.

나는 83학번이다. 내가 대학을 들어간 이후로 86아시안게임, 88 올림픽 경기를 앞두고 체육고등학교 학생들에게 교육대를 특기자로 들어갈 수 있는 좋은 기회가 주어진 적이 있다. 그럼에도 불구하고 평생 운동만 하던 선배, 동료들은 버티지 못하여 두 번 학사경고를 받고 입학한 지 1~2년 만에 학교를 떠나가는 일이 빈번했다.

나의 대학 생활 목표는 학사경고를 받지 않는 것이고 또 하나는 대학 4년 중 장학금 한번 받아 보는 것이었다. 일반 장학금이 아니라 공부를 잘 해서 받는 장학금 말이다. 평소에는 육상 연습을 위해 새벽 5시에 일어나 앞산으로 달려갔는데 시험 기간이 예고되면 어김없이 학교 도서관에 1등으로 출석을 하였다. 3학년 때는 그 덕분에 학업 우수 장학금도 받게 되었다. 물론 학사경고도 4년간 단 한 번도 받은 적이 없다.

시골에 계시는 어머니가 연로하셔서 저렴한 등록금인데도 내게는 벅찼다. 자취방은 셋째 언니가 얻어 주어서 괜찮았는데 생활비는 스스로 벌어서 써야 했다. 때마침 1학년 1학기가 끝날 즈음 체육과 교수님께서 시내 초등학교 육상 코치 자리를 소개해 주셨다. 졸업하고 발령 날 때까지 난 열심히 선수들을 지도해서 대구시 내에서는 물론 전국소년체육대회에 출전하여 메달을 따오기도 하였다.

'하면 된다'는 신념 아래, 대학 생활 4년을 하루하루 최선을 다해 살아온 결과 드디어 나는 경북이 아닌 대구 시내에 있는 옥산초등학교에 첫 발령 났다. 400여 명 중 180명만 대구에 발령이 났기 때문에 이때도 너무 기쁘고 행복했다. 열심히 하는 나를 응원하듯 그 옆에 행운이란 녀석도 함께 달려주었던 것 같다,

IV.

날개 펼치기

1. 선생님의 길, 초입

　　나의 어릴 적 꿈은 여경찰, 여군인이 되는 것이었다. 섬머시마[8]라는 소리를 듣고 자란 난 왠지 정의롭게 다른 사람들을 위해 살고 싶었는지도 모른다. 그런데 딱 두 가지 이유로 선생님이 되면 좋겠다는 막연한 꿈을 꾼 적이 있다. 첫 번째는 엄마를 위해, 두 번째는 내 자신을 위해 선생님이 되고 싶었다.

　　어느 날, 어머니께서 밖에 나갔다 들어오시면서 건넛집에 사는 누구네 딸이 이번에 선생님이 되었다 하시면서 많이 부러워하시는 모습을 보았다. 그 모습을 보니, 나도 공부 열심히 해서 선생님이 되고 싶었다.

　　두 번째는 우리 마을에 살고 있는 같은 반 친구이자 아버지가 선생님인 그 여자 아이 때문이다. 공부도 잘하고 담임 선생님이

8　섬머슴

심부름도 많이 시키고 해서 난 그저 그 친구가 부러워 마냥 바라볼 수밖에 없었다. 그때 우리 부모님도 선생님이었으면 하고 부러워하면서 내가 나중에 선생님이 되어 내 아이들이 마음껏 누리도록 해 주면 좋겠다는 생각을 하였다. 그렇게 선생님이라는 이름은 나에게 와 이미 머무르고는 있었다.

2. 교직 속의 오솔길, 교기지도

　　졸업 후 1년 뒤, 1988년에 대구 옥산초등학교에 첫 발령을
받았다. 남들보다 3년 늦게 캠퍼스 생활을 한 나는 졸업하자마자
바로 결혼을 하여 발령이 날 즈음 첫 아기인 우리 딸 연재를 낳았
다. 5월생이라 배가 많이 부른데도 교기인 정구부를 맡아 지도하
고 선수들 데리고 시합도 참가하였다. 연습 기간이 짧은데도 불
구하고 대회에 참가하면 운동만은 1등을 놓치지 않았던 나이기에
늘 다짐을 하였다. 나처럼 내가 지도하는 아이들도 1등을 만들어
주어 무엇이든 열심히 하면 할 수 있다는 자신감을 심어줘야겠다
고 말이다.

새벽을 달린다

3. 디딤돌, 우선전보

4년. 그리고 4년이 지나, 두 학교를 거치고부터는 체육특기자로 이동을 하였는데 그 당시 좋은 학교인 대구 경운초등학교로 우선전보를 가게 되었다.

내가 제일 잘하는 운동인 테니스 교기지도로 가는 순간부터 일과 전, 방과 후를 활용해서 좋은 선수를 선발하여 연습을 시켰다. 기존에 있던 코치를 내보내고 새벽부터 밤늦게까지 훈련을 시키다 보니 대구시 대표가 여러 명 나와서 대구시 대표 남초부 지도 감독이 되었다. 그러다 보니 경운초 4년에 이어 3년 유예, 그다음 서부초에 갔다가 또다시 직전 학교인 경운초로 가게 되었다. 경운초등학교에서 11년이나 근무하는 행운을 얻게 된 것이다.

4. 마중물, 준이

　1996년 대구 경운초등학교에 체육특기자로 우선 전보를 갔다. 교기는 남초[9] 테니스로, 코치와 함께 여러 명의 선수가 있었다. 전보를 하고 며칠 살펴보니 선수들이 코치 말을 잘 듣지 않아서 훈련이 제대로 이루어지지 않았다. 교장선생님께 말씀드려 학교코치를 내보내고 직접 지도하기로 했다.

　기존 선수들은 몇 명 빼고는 내보내고 3학년 학생을 뽑아 이때부터 지속적으로 훈련시키기로 마음먹었다. 3학년 각반에서 회장단들은 모두 테니스장으로 모이도록 하였다. 늘 운동을 하면서 운동도 머리가 좋아야 한다는 생각을 가지고 있던 터라, 학급 회장단에서 선수를 선발하기로 한 것이다.

　3학년은 6반까지이고 각 반에 회장 1명과 부회장 2명하여 3명

9　남자 초등부

씩 모이니 모두 18명이 되었다. 그 학생들을 대상으로 달리기도 시키고 공도 맞추어 보게 하고 스윙도 시켜보았다. 여러 날을 시켜보니 진짜 운동을 좋아하는 학생들만 남았다. 남은 학생들을 대상으로 본격적으로 수업 시작 전과 방과 후 시간을 최대한 활용하여 선수를 양성하였다. 1년이 지나 그 학생들이 4학년이 되어 대구시 학년별 대회, 4학년부에 처음으로 참가하였다. 첫 출전인데도 불구하고 여러 명이 입상하였다.

'이대로 계속한다면 틀림없이 이 학생들은 6학년이 될 때에는 대구시 대표로 전국소년체전에 참가할 것이다.'

희망을 갖고 더더욱 매진하여 지도하였다.

그러던 어느 날, 분식점 아주머니께서 분식점 건너편을 가리키면서 저 학생을 데려다 선수로 키우면 안 되겠느냐고 부탁을 하셨다. 새어머니 밑에서 자라다 보니 학원도 못 가고 집에도 일찍 못 들어가고 분식점 앞에서 아이들 먹는 모습만 지켜보다가 해가 떨어질 즈음이면 집에 들어간다고 하셨다. 이미 같은 학년인 4학년 친구들은 1년이나 먼저 시작해서 좀 늦기는 하지만 안쓰러운 마음에 준이에게 다음 날부터 우리 테니스부에 들어오라고 하였다. 다른 선수들 지도한다고 자세도 제대로 가르쳐 주지 않았는데도 준이는 다른 코트에서 후배들하고 잘 적응하였다.

중학교 들어갈 즈음 다른 친구들은 시 대표 선수로 활동하다 보니 여기저기 중학교에서 스카우트 제의를 받고 특기자로 입학하게 되었다. 그러나 1년 늦게 시작한 준이는 번번이 상장도 없고 오라는 학교도 없어서 천상 일반중학교에 가서 공부를 해야 했다.

'공부도 잘 못하는데……'

나는 걱정되는 마음으로 중고등학교 테니스부가 있는 학교로 찾아가 고등학교 졸업하고 코치라도 하게 해 달라고 감독과 코치님께 간절히 부탁했다. 그 마음이 하늘에 닿았는지 준이도 드디어 중학교에 특기자로 갈 수 있게 되었다.

얼마나 열심히 했는지 준이는 고등학교에 올라가 전국테니스대회에 참가해서 개인전 3위를 하였다. 그 상장을 가지고 부산대학교에 특기자로 가서 또한 열심히 하여 감독 선생님의 신뢰를 받아 부산대학교 석·박사 학위까지 취득하게 되었다. 이따금씩 들려오는 준이의 소식은 지금도 선생님을 하고 있는 것에 대한 자부심을 느끼게 해주는 큰 자랑거리이다.

어느 날, 테니스장에서 아주 커다란 젊은이가 내게 다가오더니 꾸벅 인사를 했다. 그 아이는 내가 그토록 자랑스럽게 여기던 준이었다. 준이는 예쁜 아내와 사랑스러운 딸을 내게 인사 시켜주었다.

'이보다 더 큰 보람이 있을까!'

걱정하면서 중학교를 보냈던 준이가 이렇게 멋진 가장이 되어 있다니 너무 행복했다. 지금은 육사에서 사관으로 있다가 수도권에 있는 모 대학의 교수로 지난 3월에 발령났다고 전화가 걸려왔다.

'나의 관심과 애정이 이렇게 훌륭한 어른이 되도록 밑거름이 되어 주었구나!'

이런 생각을 하면서 뿌듯하게 씽긋 웃는다. 마중물이 되어 한 아이의 꿈을 펼치게 해 주었음에 행복해서 말이다.

5. 대로(大路), 체육부장

1정[10] 연수를 한 후부터 시작된 체육부장, 오랜 시간을 경운초에서 함께 한 나였기에 함께 일하던 동료 교사들이 교무부장을 권했다. 하지만 선뜻 엄두가 나지 않았다.

그 이듬해, 후배 교사들과 퇴근 후 한잔하던 날이었다. 후배들은 교무부장을 하라고 등 떠밀며 용기를 북돋아주었다. 그 덕에 시작한 교무부장, 늘 곁에서 후배들이 든든한 지원사격을 해준 덕분에 잘 해 나가서 교감 지명을 받았다. 여기저기서 축하 전화를 받았다. 아주 많이 기뻤다. 평소 인덕이 있다는 소리를 듣는 내게는 항상 가까이에서 도와주시던 교장선생님들이 계셨다. 지금은 모두 정년퇴직을 하셨지만 늘 마음으로 감사드리며 살고 있다.

---

10 1급 정교사

6. 도움닫기, 교감 발령

　　교감 연수를 마치고 1년 후, 발령이 났는데 집에서 아주 가까워서 큰 도로 하나면 건너면 되는 대구 평리초등학교에 부임하게 되었다. 처음 뵙는 교장 선생님은 키도 크시고 머리도 긴 멋진 남자 교장 선생님이셨다. 고등학교 때까지는 핸드볼 선수였다고 하는데 운동을 하는 나에게는 너무나도 큰 행운이었다. 교감으로서 해야 할 일들을 하나하나 자상하게 가르쳐 주면서 관리자로 마음껏 펼치라고 말씀하셨다. 그러나 기쁨도 잠시, 그 교장 선생님은 짧은 인연을 뒤로 하고 6개월 후 대구교대부속초등학교로 가셨다. 정들자마자 헤어짐에 송별회를 하며 마지막 인사를 드리는데 눈물이 주체할 수 없이 흘러내렸다.

　　그런 뒤 교장이 되기까지 7년 반, 세 학교를 이동하며 7분의 교장 선생님을 만나 뵈면서 처음 뵈었던 오 교장 선생님처럼 코드가 잘 맞아 즐겁고 행복했던 학교생활도 있었다. 때로는 너무 맞지 않아 학교에 가기 싫어서 지각 직전에 학교에 도착하기도 하고 아프다며 병조퇴를 낸 적도 있다.

　교감이라는 위치가 샌드위치라는 말이 있는데 그만큼 학교장과 교사들 사이, 또 학부모와의 관계를 잘 해야 하는 자리이다 보니 참 어려운 자리이다. 교감 마지막 학교에서는 1년 6개월을 근무했는데 지난 30년 교직 생활하면서 겪었던 민원보다 훨씬 더 많이 민원을 처리해야 했다. 물론 힘들었지만 아프고 힘든만큼 성숙해졌다.

새벽을 달린다

V.

비상하기

1. 학교장 발령

2020년 3월 2일, 드디어 교장이 되어 대구 비산초등학교로 첫 출근을 했다. 비산초등학교의 이름에서 느껴지는 높은 하늘로 날아가는 희망감이 나를 감쌌다. 그러나 안타깝게 이제껏 한 번도 겪어보지 못한 코로나19 사태가 우리나라뿐 아니라 전 세계를 덮쳤다. 학교에서는 교육부와 지역교육청의 지시를 따를 수밖에 없는 현실이라 3월 개학식도 입학식도 못 하고 거의 모든 것들이 온라인으로 대체되었다. 새싹처럼 돋아난 아이들의 싱그런 웃음도, 봄꽃처럼 아름다운 선생님들의 미소도 마주하지 못한 채 마스크를 쓴 모습이었지만 그 위로 보이는 선한 눈빛들로 아쉬움이 채워졌다. 비록 코로나 전과 다른 모습으로 교장 역할이 시작되었지만 그래도 행복했다. 앞으로 남은 교직 생활 기간은 3년 6개월. 많이 부족하지만 비산초등학교에 다니는 학생과 학부모, 그리고 교직원들이 행복해질 수 있도록 나는 최선을 다하고 있다.

2. 60, 아름답게 익어가는 나이

어느새 내 나이 60. 지금도 변함없이 새벽에 일어나 아침 운동을 하고 샤워 후 가벼운 마음으로 출근을 한다. 출근하여 학교에 도착하는 시각은 8시. 비산초등학교에 발령받아 학생들이 등교수업을 하는 날부터 나는 매일 교문 앞에서 학생들을 맞이하고 있다.

아이컨택트를 하며 먼저 인사하기를 시작했다. 수줍게 손하트도 내밀어보았다. 처음엔 마스크 위 동그란 눈으로 '어떡하지?' 하던 눈빛을 보이더니 이젠 아이들이 큰 목소리로 바르게 인사한다. 그리고 더 기분 좋은 것은 인사를 넘어 아주 자연스럽게 "사랑해요"라고 한다. 그 귀여운 목소리가 나의 가슴에 메아리 같은 울림이 되어 하루 내내, 아니 늘 행복을 느끼게 한다.

교문에 들어서는 어린 학생들과 함께 살아가는 내 나이가 아름답게 익어가고 있는 중이다.

3. 늘 처음처럼, 새벽 운동

　　새벽 5시, '따르릉~' 기상 알람 소리에 나는 오늘도 새벽에 일어나 가까운 테니스장으로 나간다. 테니스장에 도착해서도 여전히 깜깜하다. 라이트를 켜고 4명의 회원이 모이면 땀을 뻘뻘 흘리며 두 게임을 한다.

　　그때쯤이면 회원들이 한 명씩 오기 시작한다. 게임을 하면서 이길 때도 있고 질 때도 있다. 경기 사이사이에 "굿!"이라고 외치며 서로를 격려하기도 하지만 때로는 "아웃!"을 외치며 시끄러울 때도 있다. 그러다 보면 '굿', '아웃'을 가지고 시비가 붙기도 한다. 교실 속 아이들처럼 우린 아직 너무나 젊고 열정적이다.

　　중학생 시절 해 뜨기 전에 나갈 때 생각도 나고, 고등학생 시절 제물포 자취방에서 인천 자유공원까지 달려가서 긴 계단을 뛰었던 기억도 난다. 대구교육대학교 앞 대명동에서 차도 별로 다니지 않는 이른 새벽길을 달려 앞산 정상을 향해 긴 오르막을 달리던 기억들도 새록새록 살아난다. 비가 오나 눈이 오나 변함없이 매일 1시간 이상 되는 대덕산[11]을 올라가 체조를 하고 내려와 샤워를 하였다. 가난한 대학 생활이었지만 지금처럼 그때도 행복했다. 새벽 공기를 마주하며 언제나 감사함과 행복감을 느끼는 내가 나는 좋다.

빠르게 옷을 챙겨 입고 8시까지 학교로 간다. 반갑게 인사하는 나를 향한 아이들의 에너지가 나를 처음처럼 달리게 하는 것도 같다.

---

11 앞산

4. 리더십

나는 꿈, 희망, 행복이라는 경영 비전을 가지고 대구비산초
등학교에 왔다. 역사가 깊고 위치가 좋은 학교이다. 대구 중심지에
있는 학교답지 않게 많이 시골 학교 같아 보였다. 너른 운동장도
그렇고 소박한 교사도 그렇게 느껴진다. 그리고 순수하고 착한 우
리 학생들은 예쁘고 사랑스럽지만 자라는 환경이 힘들고 어려운
학생들이 많아 나 어릴 적 힘들게 자라던 마을을 떠올리게 했다.

2020년 교장 첫 발령! 23년 6개월을 교사로, 7년 6개월을 교감
으로 살아온 경험을 바탕으로 마지막 남은 3년 6개월을 아낌없이
일하고 열정으로 지내려 한다.

선생님들에게 나는 선배교사이다. 그리고 제일 신뢰가 가는 동
료이다. 선생님들과 눈을 마주하며, 따뜻한 차 한잔으로 마음을
열고 이야기를 나눈다. 소탈하고 편안하게 이야기를 나누다 보면
힘든 일도 덜컹거림 없이 잘 지나가곤 한다.

학생들에게는 멋진 어른이고 아름다운 선생님의 본보기가 되려한다. 웃으며 인사하고 씩씩한 에너지를 뿜은 그런 교장 선생님을, 아이들이 자라 한 번쯤은 떠올렸음 하고 기대한다.

아침 등굣길 교문 밖, 학부모들에게서는 걱정과 신뢰, 사랑이 전해진다. 교문 안으로 들여다 보내며 안심하길 기대한다. 교장으로서 그렇게 만들어야 하는 사명감이 있다. 어디 하나 치우치지 않는 정삼각형의 아름다운 밸런스를 만들기 위해 오늘도 소통하고 공감하고 있는 중이다.

5. 테니스

상장이 없어서 고등학교를 못 들어갈 뻔 한 적이 있다. 상장을 받고 어느 날 펜팔 친구의 추천으로,

"넌 이곳[12]에 들어오면 네 꿈을 이룰 수 있을 거야."

하는 말에 무작정 희망을 안고 충청도에서 인천으로 가는 장항선 기차를 탔다. 재수하던 11월, 한 번도 가본 적 없는 제물포역에서 내렸다.

인천체육고등학교는 얼마나 큰지 아주 가까이 있는 것만 같아 보였다. 한참을 걸어 인천체고 입구에 도착하니 감독 선생님의 우렁찬 목소리와 함께 엄청 높은 계단을 뛰고 있는 선수들이 보였다. 담담하게 다가가 감독 선생님께 정중히 인사를 드렸다. 그리고는

---

12 인천체육고등학교

"저는 충청도에서 육상 상장을 가지고 왔는데 여기 테니스부에 들어올 수 있어요?"

하고 여쭈어보았다.

"그래."

하시면서, 감독 선생님은 나를 바로 테니스장으로 데리고 가서 곧바로 선배들과 경기를 시키셨다. 1학년과도 시켜보고 2학년과도 시켜보고 3학년과도 시켜보셨는데 내가 모두 이기는 것을 지켜보시더니 바로 합숙 훈련에 참가할 수 있도록 기회를 주셨다. 입학하려면 아직 여러 달이 남았는데도 불구하고 말이다.

이제 실컷 테니스를 칠 수 있겠다는 것에 감사하며 매일 하루하루 훈련에 최선을 다해 임하였다. 그래서 이듬해 입학하자마자 3월에 인천체고 마크를 처음으로 달고 테니스 대회에서 나가 우승을 했다. 그것도 한 종목이 아닌 세 종목 단식, 복식, 혼합복식 모두 우승을 했다.

곧 국가대표가 될 듯이 기분이 너무 좋았다. 그런데 계속 열심히 하는데도 그 이후부터 전통이 있는 상대 고등학교를 이길 수가 없었다. 그러면 그럴수록 난 체력을 키우기 위해 더 열심히 훈련했다. 새벽 5시면 일어나 주변에 있는 산은 모조리 달렸다. 오전에 수업하고 남는 시간은 모두 테니스 연습을 반복해서 하고 또하였다. 오로지 국가대표가 되어 나의 이름 석 자를 날리고 싶은 간절한 마음이 있었다. 하지만 그 이후 인천에 있는 대회에 나가

입상은 했지만 인천 대표로 전국 대회에 참여 하지는 못했다.

　지금도 난 새벽 5시 알람 소리에 일어나 테니스장으로 간다. 새벽 공기를 마시면서 노란 작은 공을 따라 이리저리 쫓아다닌다. 테니스 덕분에 60이 지난 지금도 180이 넘는 젊은 장정들을 앞에 두고 난 라켓을 마구 휘두른다. 두 게임이 끝날 즈음이면 온몸이 땀에 흠뻑 젖어 자동차 등에 시트 하나 대고 집으로 돌아올 때면 행복한 미소가 절로 나온다. 잔뜩 땀에 쩔어있던 몸을 샤워기의 물로 씻어낼 때는 어느 것과 비교할 수 없는 행복을 맛본다.

VI.

나의 사랑들

1. 내 짝꿍, 서방님

　나는 충청도 사투리를 유난히 많이 쓴다는 소릴 듣는다. 그러다 보니 충청도의 그 느림, "아버지, 공 굴러가유~" 하는 사이에 공은 이미 아버지를 스쳐 지나갔듯이 나도 엄청 느리면서 충청도에서만 사용하는 그 '유~'를 존대를 하는 말끝에는 어김없이 모두 사용한다. 그러다 보니 인천에 먼저 와 있던 두 충청도 선배는 엄청 부끄러웠다고 뒤늦게 말해 주었다. 두 선배는 한 명은 남자, 한 명은 여자다. 그중에 남자 선배가 나를 더 많이 도와주고 따뜻하게 보듬어 주었다. 여자 선배는 서울교대를 나와서 현재 초등학교 교장으로 근무하고 있다.

　인천체육고등학교에 입학하고 몇 달 지나지 않은 일요일, 버스를 타고 30분 정도 되는 사설 테니스장을 향해 달려가고 있었다. 학교는 일요일에 훈련을 하지 않기 때문이었다. 그때 저 앞 정류소 앞에서 우리 학교 체육복을 입은 키가 크고 멋진 사람이 내리고 있었다. 그 선배는 내가 가까이 올 때까지 그 자리에 우두커니 서 있었다. 한 번도 대화한 적이 없던 터라 뛰어서 스쳐 지나가던 순간 그 선배가 말을 걸었다.

"같이 가지 않을래?"

달리다가 일단 멈추었다. 낯선 인천 생활이었지만 같은 학교 체육복을 입었다는 이유만으로 마음이 놓였다. 걸어가면서 본인이 충청도에서 왔다는 것, 그리고 누나와 자취하고 있다는 이야기를 하다가 문득

"사귀는 친구 있니?"

하고 물었다.

"없어요."

"나하고 사귀지 않을래?"

하며 쑥스러워하였다.

"네."

생각할 겨를도 없이 대답부터 튀어나왔다. 낯선 이곳에 와서 혼자보다는 친한 누군가가 있으면 좋겠다고 늘 생각해왔기 때문인지 모르겠다.

그때부터 교실에서 각자 공부하는 시간과 잠자는 시간 이외에는 거의 같이 있게 되었다. 학교에서 훈련도 같이 하고 쉬는 날이면 인천에서 서울까지 사설 테니스장에 함께 가서 연습을 했다. 사설 테니스장에는 대부분 이곳을 졸업한 선배들이 코치로 활동

하고 있었다.

그렇게 두 해가 지나 내가 고3이 되었을 때, 선배는 체육전문대학으로 진학하고 나는 운동보다는 예비고사 준비에 더 열을 올리며 학교생활을 하였다.

대구교육대학에 입학한 3월, 서울 잠실에서 마라톤 경기가 있다는 것을 알고 선배에게 같이 뛰자고 제안했다. 평소 체력을 다지기 위해 같이 뛰던 것도 있고 체고 다닐 때 육상부 선수들과 구간경기대회에 참가해서 내가 뛴 구간에서 신기록을 세운 경험도 있었던 나는 언젠가 42.195km에 꼭 도전해보고 싶다는 생각을 했다. 선배도 흔쾌히 좋다고 하며 신청하라고 하였다.

1983년 3월 18일 셋째 주 일요일, 드디어 서울 잠실 운동장에서 "탕"하는 커다란 총소리와 함께 42.195km의 대장정을 출발하였다. 한강 다리를 건널 즈음, 선배는 나의 시야에서 사라졌다. 평소 전철로 많이 오고 가던 한강교였지만 이날따라 너무도 멀게 느껴졌다. 함께 즐기려고 참가한 마라톤 대회였는데 혼자가 되어버렸다. 이왕 시작한 거 한번 끝까지 달려 보자고 마음먹었다.

'선배는 결승선 어딘가에서 나를 기다리고 있을 거야.'

하고 생각하며 열심히 달렸다. 중간중간 여러 번 포기하고 싶었지만 참고 또 참았다. 드디어 잠실종합경기장이 보였다. 결승선 트랙을 돌 때 선배가 기다리고 있었다. 반가운 그의 얼굴을 보니 벅차고 안심이 되었다. 마라톤은 6위까지 트로피와 상장을 주었다. 안타깝게도 나는 7등으로 결승선을 통과했다. 그런데 아나운서가 1등과 7등인 나를 불러 인터뷰를 시켰다. 나는 당당히 대구교육대학의 1학년에 재학 중인 학생이라고 말했다. 마라톤 대회는 처음 참가했고 평소에 운동을 좋아해서 참가하게 되었다고 말했다. 그때 선배는 옆에서 힘차게 박수를 쳐 주었다. 등위 안에 못 들어 아쉬웠지만 그래도 옆에서 축하해 주는 선배가 있어서 기분이 엄청 좋았다.

그러고 나서 선배는 군대에 가고 나는 대구에서 전쟁 같은 생활을 했다. 군대에서 나라를 지키는 그와 나는 나대로 삶 속에서 전쟁 같은 일상을 보내고 있었다. 그렇게 각자 3년을 보냈다. 졸업식이 다가올 즈음, 선배는 제대하고 다시 연락을 했다. 졸업식 날 축하해 주려고 대구를 찾아왔다고 했다. 끊어질 듯 끊어지지 않던 인연의 끈으로 대학 졸업 후 우리는 사랑을 확인하고 발령 나기 전 웨딩마치를 올렸다. 가족과 친지들의 축하를 받으며 백년가약을 맺었다.

그 이듬해, 집에서 가까운 곳에 초임 발령도 나고 예쁜 딸도 낳았다. 아빠를 빼닮아 넓은 이마에 콧대도 높은 것이 너무나 예뻤다. 그 후 4년이 지나 멋진 아들도 낳았다. 큰 탈 없이 한 가정을 꾸려 소박하고 행복하게 살았다.

결혼 10년이 지날 즈음, 시아버님이 퇴직한 지 7년 밖에 되지 않았는데 갑자기 돌아가셨다. 그 후 몸이 불편하신 시어머님이 혼자

계서서 2년쯤 지나 서방님(선배)은 시골 충청도로 올라갔다. 그때 서방님 나이 40대 중반이었다. 지금이 60이니 벌써 15년이 지났다.

처음엔 일주일에 한 번씩 달려오더니 요즘엔 본인도 고향에 터를 잡아서인지 모임도 많고 농사일도 많고 해서 2주에 한 번씩 아이들과 내가 있는 대구에 온다. 서방님이 올 때면 2박 3일 동안은 온 가족이 함께 시간을 보낸다. 식사 시간, 특히 아침 식사 시간만큼은 한자리에 모여 밥을 먹는다. 함께 하는 나의 사랑들이 있어 나도 존재하는 것 같다.

2. 소중한 딸 재이

새벽을 달린다

발령을 받고 얼마 지나지 않아, 붉디붉은 장미가 흐드러지게 핀 5월에 나의 소중한 딸이 태어났다. 대구 파티마 병원에 아침 일찍 들어가 온종일 진통을 겪다가 저녁 6시 58분에 "으앙~" 하고 존재를 알리던 나의 첫 아기를 만났다. 간호사의 "아주 예쁜 공주님이 태어났네요" 하는 말을 들으니, 아팠던 기억이 온데간데없이 사라졌다. 아가를 보니 코가 오똑하니 정말 예뻤다. 시골에 계신 시아버님께 공주가 태어났다고 알리니 미리 지어놓았다고 하시며 이름을 '유ㅇㅇ'라고 부르라고 하셨다.

퇴원 후 집에 와서도 딸을 바라볼수록 너무너무 예뻤다. 옆에서 지켜보시던 시어머니께서

"고슴도치도 제 새끼는 예쁘다고 하더라."

하신다.

그렇게 예뻐하던 딸을 한 달도 채 젖을 먹이지 못하고 충청도 할머니 댁으로 보내게 되었다. 80년도 당시만 해도 출산휴가가 4주였다. 지금은 90일이나 되는데 말이다. 자가용도 없던 시절, 한 달에 한 번씩 딸을 보러 갔는데 얼마나 멀던지 기차를 타고 또 버스를 타고 하루 종일 걸렸다. 아침에 출발하면 저녁이 되어야 도착했다. 그렇게 만난 아이를 품에 안고 세상을 다 가진 듯 행복했던 기억이 뚜렷하다. 아이를 두고 다시 내려올 때면 이를 꽉 깨물고 멋진 엄마로서 열심히 살아가리라 다짐하곤 했다.

딸은 그렇게 시골에서 대가족 속에 할아버지, 할머니, 고모들의

보살핌을 받으며 지내다 만 3살이 되어서야 대구로 왔다. 대구로 오자마자 곧바로 어린이집에 보내게 되었다. 그 후 난 매일 출근 시간이 다가오는 아침이면 어린 딸을 깨워 어린이집 버스를 태우고 출근을 하였다. 퇴근을 하고 돌아올 즈음, 딸도 집으로 돌아왔다. 하루는 어린 연재가 어린이집에 가기 싫은지 자꾸만 떼를 쓴 적도 있다. 평소에는 가까운 가게에 가서 가지고 싶은 과자를 사주면 괜찮아지곤 했는데 그날은 가게에 갈 시간이 없어 어린이집 차를 바로 태워야 했다. 재이는 막무가내로 울면서 차를 타지 않았다. 이미 출근 시간이 늦어서 허우적대던 터라 어린이집 차를 잠시 기다려 달라고 하고는 딸을 집으로 데리고 들어와 침대에 집어 던져버렸다.

"가기 싫으면 혼자 집에 있어!"

하고는 나오려고 했다. 딸은 엉엉 울면서 나를 붙잡으며 따라 나왔다. 그 이후 딸은 한 번도 엄마의 말을 거스르지 않고 무엇이든 열심히 하는 아이가 되었다. 하지만 아직도 그날 딸에게 상처를 준 것은 아닌가 싶어 내내 미안함이 마음속 깊은 곳에 늘 자리 잡고 있다.

딸에게 화를 낸 적이 또 한 번 있다. 어느 날 휴일에 쉬고 있는데 자전거를 타고 골목에서 놀던 딸이 울면서 들어왔다. 이유를 물어보니 옆집에 살고 있는 또래 친구한테 자전거를 뺏겼다는 것이다. 난 평소에 소신이 하나 있었다. 다른 사람 밥그릇은 뺏지 않지만 내 밥그릇 또한 내 스스로 찾자는 것이 그것이다. 그런데 딸이 자기 자전거를 빼앗기고 그것도 울면서 들어오는 모습을 보니 화가 머리끝까지 치밀어 올랐다.

"네가 나가서 자전거를 찾아와!" 하며 큰 목소리로 말했다. 앞으로 딸이 세상을 살아가면서 꼭 필요할 가치라고 생각해서였다.

조금 지나니 어린 딸은 자전거를 가지고 집에 돌아왔다. 이후 서른이 넘을 때까지 딸이 나를 속상하게 했던 일은 없었다.

이곳 대구는 나에게 어떤 연고도 없다. 대학 입학 때 와서 졸업하고 머물다 보니 완전 객지이다. 그러다보니 아기 시절 시골에서 자란 연재를 네 살쯤 데리고 왔을 때, 아이는 어린이집과 동네 학원에서 종일 보냈다. 엄마가 퇴근해서 집에 돌아올 때까지……. 연재가 5살 되던 해, 일본에서 대지진이 나서 큰 건물이 기울어지는 모습이 TV 뉴스에 나왔다. 그 장면을 본 연재는 미술학원에서 스케치북에 그 모습을 그렸는데 그 그림을 본 지인들이 깜짝 놀랐다. 아기라고 생각했는데 아이의 그림은 어느덧 자라 숲을 이루고 있었다. 엄마가 취미 활동으로 테니스를 치러 가면 딸은 늘 혼자서 그림을 그렸다.

딸이 초등학교 다닐 때도 교실에 가보면 엄마라서가 아니라 게시판에 붙어있는 딸의 그림은 단연 눈에 띄었다. 물론 교내외 대회에 나가 상도 자주 받았다. 초등학교 3학년 때는 이웃집 고모님을 따라 시카고에 보름 정도 갔다 온 적이 있다. 그때 그곳에서 본

미시간 호수를 시화로 잘 표현하여 한동안 딸의 교실 앞 복도에 붙어있었던 적도 있다.

평소 학급 회장을 하고 또 5학년 때는 전교 부회장을 한 딸은 6학년이 되어서도 전교 회장을 하겠다고 나섰다. 그런데 교장 선생님 말씀이,

"무슨 선생님의 자녀가 전교 회장이 된단 말이야?"

하시며 은근히 나가지 말라고 하셨다.

하기는 그때까지만 해도 전교 회장에 당선되면 몇백만 원씩 써야 할 때였다. 엄마와 함께 다녀서 그런 불이익을 받는 것 같아 딸한테 미안했다. 아쉽지만 하는 수 없이 전교 부회장이 되어 5학년 전교 부회장 할 당시에는 졸업식 날 송사를 했고, 6학년 때는 전교 여부회장으로서 답사 대표를 하였다.

중학생이 된 딸은 엄마에게 어떤 의존도 하지 않고 씩씩하게 학교생활을 하였다. 물론 중학교 3학년 때는 하고 싶었던 전교 회장도 했다. 중3 여름방학이 다가올 즈음, 딸은 엄마와 타협을 하나 하자고 제안했다. 본인이 1학기 기말고사 전교 3등 안에 들면 여름방학 때 TV TBC 문화탐방 동·서유럽 17박 18일을 보내 달라고 했다. 중학교를 전교 6등으로 입학한 딸이 전교 3등을 하겠다고 하니 나는 바로 승낙하였다. 그 뒤 딸은 전교 회장 활동도 열심히 하면서 공부도 최선을 다하는 모습을 보였다. 하지만 1학기 기말고사 성적은 아깝게도 전교 4등이었다. 약속한 등위 안에는 못 들

었지만 최선을 다한 것이 기특하여 유럽 여행을 보내 주기로 하였다. 공항에 도착하니 마침 포항에서 온 또래 여자아이가 있어 함께 17박 18일의 동·서 유럽 여행의 추억을 마음에 담고 돌아왔다.

고등학교는 중학교와 같이 있는 사립학교에 들어갈 수 있었는데 엄마인 내가 바쁘다는 이유로 가까운 여고에 가라고 했다. 확실히 사립학교와 공립학교는 공부하는 양이 다르다는 것을 그때 알았다. 그래도 자기 페이스대로 공부하여 전교 3등 안에는 못 들어도 학급에서는 늘 1~2등을 놓치지 않았다.

대학에 원서를 낼 즈음, 딸은 서울로 가고 싶어 했다. 서울대와 연·고대를 빼고는 원서를 다 냈다. 첫 번째로 홍익대학교에 1차 합격하여 인·적성 검사를 하려고 딸과 함께 신촌역 지하철역에 내렸다. 상가 거리가 어딘지, 학교 교문이 어딘지 구분이 되지 않았다. 홍익대학교 입구에서 딸의 면접이 끝나기만을 기다렸다. 기다리는 동안 이런저런 고민을 하였다. 이곳 서울에 두고 내려가면 아이를 잃어버릴 것 같은 착각이 들었다. 대구로 내려오면서 엄마의 능력으로는 서울을 보내기 어려우니 경북대학교를 갔으면 좋겠다고 말했다. 딸도 별다른 대꾸 없이 그렇게 하겠다고 했다. 그 대신 딸이 가고 싶은 과를 선택하도록 하였다. 나중에 안 이야기지만 1차 수시로 문과에서 이과로 전향하면서 30점을 버리고 경북대 생활과학대 의류학과 장학생으로 합격했다고 한다. 아무튼 본인이 희망한 학과라서 그런지 연재는 대학생활을 즐겁게 잘하였다.

졸업할 즈음이 되자, 딸은 대학원에 가겠다고 하였다. 평소 내가 입버릇처럼 어릴 때부터 공부만 시켜주겠다고 했기 때문인지도 모른다. 안 보낼 수도 없고 해서 딸은 경북대학교 대학원에 들어갔다. 입학해서 열심히 석사과정을 하던 어느 여름방학에는 내가 함께 근무하던 딸보다 두 살 위인 선생님과 함께 유럽[13] 배낭여행을 보냈다. 딸은 목적지에 도착하자마자 그 언니와 3일간 의견 충돌로 문제가 있어 혼자서 새로운 친구들을 만나 30일간의 즐거운 여행을 하고는 무사히 돌아왔다.

대학원 졸업 시기가 다가올 즈음, 또다시 딸은 박사과정을 하겠다고 했다. 이번에도 어쩔 수 없이 우리 엄마가 하시던 말씀이 떠올라 계속 공부를 하도록 지원해 주었다. 박사과정 중 이번에는 이탈리아로 유학을 보내 달라고 하였다. 이왕 시작한 공부 실컷 하도록 보내 주기로 마음먹었는데 유학은 학비부터가 장난이 아니었다. 있는 돈, 없는 돈 다 끌어다가 밀라노에 보냈더니 주말마다 열심히 여행도 다니면서 1등으로 졸업하고 돌아왔다.

밀라노로 유학 갔다 돌아온 딸은 박사 논문을 쓰는 데 무척 힘들어했다. 2003년 나는 석사논문을 쓰는 데도 힘들어 포기하고 싶던 심정이었으므로 그 마음을 충분히 이해하고도 남았다. 그래

---

13 스페인, 포르투갈

새벽을 달린다

도 내 딸은 무사히 박사 논문을 써서 생활과학박사 '유○○'라는 호명과 함께 당당하고 씩씩하게 졸업식 단상에 올랐다. 그 순간의 기쁨은 세상을 다 가진 것마냥 엄마로써 기분이 너무 좋았다.

어릴 적부터 딸은 대학생들을 가르치는 교수가 되고 싶다고 하였다. 지금은 대학교에서 강사로 활동하고 있다. 머지않아 교수가 되어 나의 딸은 꿈을 이룰 것이다. 지금도 딸은 학교 도서관에 가서 논문을 쓰고 자격증을 하나라도 더 갖추기 위해 연수를 듣는다. 지난번에는 서울 인사동에서 100만 원을 투자하여 전시회도 하고 이번에는 집 근처 화실에서 일주일간 전시회도 열었다. 이렇듯 열정적으로 살아가는 내 딸이 늘 사랑스럽고 자랑스럽다. 오늘도 나의 딸, 딸은 나와 같은 듯 다른 활기로 새벽에 일어나 힘차게 하루를 시작한다. 서로 말로 하지 않지만 눈빛으로 서로를 향해 주먹을 꽉 쥐고 치얼업을 외친다.

'내 딸, 파이팅!', '우리 엄마, 파이팅!'이라고….

3. 나의 귀한 아들 성이

새벽을 달린다

첫째인 딸을 낳고 너무 신기하고 예뻤다. 그런데 시어른들은 나만큼 기쁘지 않은가 보았다. 명절 때 시댁에 가면 시어머니께서는 입버릇처럼 늘 "누구나 아들 낳더라" 하셨다. 큰 며느리로서 딸 여섯을 둔 어머님의 마음을 충분히 이해하고 나도 외며느리로서 아들을 낳고 싶었다. 그렇지만 그게 마음대로 되지 않았다. 직장을 다니기 때문에 아기가 생기는 대로 다 낳을 수도 없는 노릇이었다.

그리고 나서 4년 후, 성이가 태어날 무렵에는 유산을 세 번이나 하였다. 『딸아들 구별해 낳는법』이라는 책을 다 외울 정도로 보고 또 보고 실천을 하자고 마음먹었다. 그리하여 힘들게 나의 귀한 아들을 가지게 되었다. 아들 성이는 1992년 12월에 모든 사람의 축복 속에서 태어났다. 아들 낳았다는 소리에 시어른들이 얼마나 좋아하던지 나보다 훨씬 좋아하셨다. 100만 원이 넘는 흑염소를 잡아가지고 오시기도 했다.

첫째 딸은 시댁에서 유아기 시절을 보냈지만 성이는 보내기가 싫어서 친정 조카를 불러 1년 동안 돌봐주도록 했다. 돌이 지나 말도 하고 걸어 다닐 즈음에는 함께 테니스 치는 아주머니께 맡겨서 키웠다. 낮에는 못 보지만 밤에는 함께 할 수 있어서 행복했다.

돌이 지나면서 사회성을 키워주겠다고 칠곡에 있는 짐보리에 가입을 시켰다. 매주 토요일마다 성이를 데리고 갔는데 함께 간 누나만 즐겁게 놀고 성이는 단체 활동에 잘 참여하지 않았다. 그

저 멀리서 구경만 했다.

5살 때는 시내에 있는 YMCA에 입학을 시켰다. 수영도 배우고 단체 활동도 하면서 사회성을 배우게 하고 싶었기 때문이다. 어느 날 YMCA에 가서 상담을 해 보니 그곳에 입학하면 수영은 필수인데도 성이는 한 번도 물에 들어간 적이 없다고 한다. 그때만 해도 나름 개성이 강하고 12월생이다 보니 친구들보다 늦게 태어나서 그런가 보다 하고 생각했다.

이듬해 계명유치원에 입학했다. 5월쯤 되던 어느 날, 퇴근 후 유치원 교실에 성이를 데리러 갔다.

종일반 선생님이,

"성이 어머니, 상담을 하고 싶은데 시간 좀 내어주세요."

하고 말씀하셨다. 모두 퇴근한 교무실에서 담임 선생님이 조심스러운 표정으로 성이의 이야기를 꺼내기 시작했다.

그때였다.

"엄마, 이 선풍기 왜 안 돌아가요? 조금 전에는 잘 돌아가고 있었는데."

선생님이 깜짝 놀라며,

"어머니, 성이 말할 줄 알아요?"

하셨다.

"성이가 유치원에서 말을 하지 않아서 오늘 어머니께 상담을 요청 드렸거든요."

라고 하시면서…….

집으로 돌아오는 차 안에서 물어보았다.

"성아, 유치원에서 왜 말 안 했어?"

"엄마, 말하면 혼나고 손들고 서있어야 해."

이 말을 듣는 순간, 어리지만 신중하게 행동하는 성이가 대견스러웠다. 그 일이 있은 후, 학교에서 아이들을 가르칠 때에도 급하게 다그치지 않고 기다려 주는 선생님이 되었다.

그러던 어느 날, 퇴근해서 집에 가니 누나와 함께 놀던 성이가 사라졌다고 했다. 11월이라 낮이 짧다 보니 해는 기울어 벌써 어둑어둑해지고 있었다. 걱정을 하며 온 식구가 성이를 찾아 나섰다. 얼마나 찾아 헤매었을까……. 한참 후, 성이를 찾았다. 성이는 엄마를 찾아 엄마가 근무하는 학교에 가 있었다. 엄마가 밤이 되어도 오지 않아서 엄마를 찾아 나섰다고 했다. 눈물이 나고 아이가 안쓰럽게 느껴져 눈물이 눈을 적셨다.

고집도 있고 개성이 강하다 보니 한글 공부를 제대로 시키지도 못하고 내가 근무하는 학교에 입학하게 되었다. 학급에서 제일 작은 성이는 맨 앞자리에 앉아 공부를 했다. 글자를 잘 읽지 못하다 보니 신규 선생님의 꾸지람을 독차지하면서 학교생활이 시작되었다. 가뜩이나 소극적이고 자신감이 없던 성이는 1학년을 마칠 때까지 받아쓰기 60점을 못 넘기고 2학년에 올라갔다.

2학년 담임 선생님은 경력 있는 부장 선생님이었다. 다행히 한

글도, 구구단도 모두 해결하게 되었다. 대부분의 엄마들은 젊은 선생님을 선호하는데 나는 그렇게 생각하지 않게 되었다.

5월생인 누나에 비해 줄곧 내성적이고 조용한 성이가 어떻게 하면 즐겁고 재미있게 학교생활을 할 수 있을까 고민하다가 방과 후에 성이에게 테니스를 가르쳐 보기로 하였다. 당시 테니스부를 지도하던 나는 성이가 소속된 3학년에 운동 잘하는 선수들을 먼저 뽑고 그 속에 성이도 포함하여 연습을 시켰다. 다른 친구들은 쉽게 잘 따라오는데 성이는 가르치고 또 가르쳐도 뒤처지기만 했다. 생일이 늦어서이겠지 하고 또 한번 생각했다. 아니면 키가 너무 작아서인가 하고도 생각하며 그럼에도 불구하고 계속 반복 훈련을 시켰다. 태권도, 피아노, 미술 등 다른 학원은 한 달도 채 못 채우고 그만두는 성이었지만 다행히도 테니스는 그만두겠다는 말을 하지 않았다.

다른 학교로 이동할 즈음, 5학년이 된 성이는 대구시소년체전 1 차전 선발전에서 6학년을 이기고 엔트리 멤버 6명 안에 선발되었다. 어린 마음에 자기가 이기면 엄마가 다른 학교로 이동하지 않아도 된다고 생각해서 다리가 아프도록 뛰었다고 한다.

내가 전국소년체전 대비 대구시 대표 감독으로 3년을 유예하는 것을 지켜보았던 성이는 이번에도 자기가 잘하면 엄마가 계속 남아 있을 거라고 생각했다고 한다. 하지만 난 가까운 거리에 있는 학교로 이동하게 되었다.

성이에게 정말 중요한 시기인데 계속 지도하지 못하고 이동하다 보니 걱정이 되었다. 그래서 전국대회에 참가해서 알게 된 안동 서부초 감독 선생님께 부탁하여 여름방학 때 전지훈련을 보냈다. 그 당시는 안동 서부초 선수들이 전국대회에서 많은 입상을 하던 시기였다. 지금도 그 선수들은 대한민국의 국가대표선수로 활동하고 있기도 하다.

하루는 성이가 간만에 집으로 돌아왔다. 잠자는 성이가 너무 이뻐서 엉덩이를 두드려 주었다. 그 순간, 자고 있던 성이가 기겁을 하며 깜짝 놀라 일어났다. 같이 놀라서 엉덩이를 살펴보았더니 피멍이 들어 있었다. 학창 시절에 전국체전 금메달을 세 개나 딴 나는 한 번도 맞지도 혼나지도 않고 연습했는데 스스로 열심히 하는 성이가 이토록 살짝만 건드려도 자지러질 정도로 호되게 맞았을까 하는 생각을 하니 무지하게 속상했다. 그날 재성이 아빠도, 누나도 모두 속상해하며 다 같이 울었다. 이번 시합만 마치면 운동을 그만 시켜야겠다고 다짐했다.

6학년이 된 성이는 마지막 평가전에서 당당히 1위로 대구시 대표 선수로 선발되었다. 전라도에서 열리는 전국소년체육대회에 대구시 대표로 참가해서 단식과 복식을 뛰어서 8강까지 무난하게 올라갔다. 한 번만 더 이기면 동메달인데 단체전 2대2로 겨루다 마지막 경기에서 졌다. 그동안 열심히 해왔고 이번 기회에 성이에게 '하면 된다'는 자신감도 심어주고 싶었는데 무척 아쉬웠다.

그 후 성이는 특기자로 중학교에 입학하지 않고 집에서 가까운 중학교에 입학했다. 그러나 그동안 4년을 테니스에 올인한 성이는 갑자기 교실에 들어가 공부하라고 하니 잘 따라가기가 버거웠을 것이다. 그래도 나의 아들 성이는 별일 없이 중학교 생활을 하는 것 같았다.

3학년이 되어 원서를 낼 즈음이었다. 담임 선생님께서 상담을 요청하여 학교로 찾아갔다. 인문계 고등학교에 가기가 힘들다고 하시며 가까운 공고를 추천하셨다. 중학교 옆에 있는 인문계 고등학교에 들어가길 원했는데 말이다.

집에 돌아와 고민하고 있는데 성이가,

"엄마, 나 다시 운동하면 안 돼요?"

하고 말했다.

초등학교 때 전국소년체전에 다녀온 뒤 그만두고 나서는 한 번도 테니스를 하겠다고 말한 적도, 테니스를 친 적도 없던 성이가 다시 테니스를 하겠다고 했다.

공고를 보내기 싫었던 터라 바로 고등학교 감독 선생님과 코치 선생님을 만나러 갔다. 중학교 진학할 때 바로 못 보내서 미안하다고 사과하고 고등학교에 입학할 수 있게 기회를 달라고 부탁했다. 초등학교 때 입상한 상장을 근거자료로 하여 성이는 고등학교에 특기자로 들어갈 수 있었다.

운동을 그만둔 지 3년 만에 다시 선수들을 만나다 보니 그 아이들은 실력이 많이 향상되었기에 성이는 따라가기가 힘들어 보였다. 그렇지만 나는 후회하지 않았다. 인생을 살아가는데 테니스는 일부분이라는 것을 잘 알기에 운동 실력 차는 좀 벌어졌어도 중학교 생활의 추억은 남아 있을 거라 생각했다. 초등학교 때 1등을 하던 재성이지만 성격이 본래 튀지 않는 아이다보니 큰 욕심 없이 학교생활에 잘 적응하였다. 아니 엄마인 나는 그렇게 믿고 싶었는지도 모른다.

고3때 원서를 낼 시기가 다가오니 감독 선생님은 많이 바빠 보였다. 선수들 모두 형편에 맞게 성적에 맞춰 진학을 시켜야 했기 때문이다. 성이는 중학교 3년의 공백으로 인해 개인전 상장은 못 땄지만 단체전에 합류해서 딴 전국 상장이 있었다. 그 상장 덕에 성이는 영남대학교 일반체육과에 들어갈 수 있었다.

입학 후 성이는 체육과 친구들과 어울리기보다는 타과 친구들과 잘 어울리면서 캠퍼스 생활을 하였다. 동기들보다 3년 늦게 대학 생활을 한 나는 평소 자식들에게는 '재수란 없다'는 말을 해 오다 보니 성이도 재수 생활 없이 정상으로 대학교 4년을 무사히 마쳤다.

성이가 대학교를 졸업하던 날, 누나는 박사학위를 취득하는 것 마냥 기쁘고 행복해했다. 졸업 후 부모의 바람으로 경찰공무원이나 소방관이 되기 위해 애를 쓰다, 지금은 한전에 들어가겠다고 열심히 노력하고 있다. 진작 우리 아들이 하고 싶은 일이 있다는 것을 알고 있었지만 그 길로 가면 지금은 좋아도 나이 들어 나중에는 아빠처럼 일찍 일선에서 나와야 한다는 것을 잘 알기에 자격증을 따라고 설득하여 성이는 오늘도 노력 중이다. 참 착하게도 전기기사 자격증을 따 와서 엄마를 기쁘게 해주려고 침대 위에 올려놓는다. 이런 모습을 보니 나의 아들이 무척 대견스럽고 자랑스럽다. 그 자격증을 따기 위해 얼마나 힘들고 고생했을까를 생각하니 가슴이 뭉클했다. 나의 귀한 아들 성이는 좋은 직장에 들어가는 그날까지 지금처럼 열심히 노력할 것이다. 그것을 나는 믿어 의심치 않는다.

'우리 아들 파이팅!'

VII.

내 삶의 트랙 – 대구

1. 대구가 좋아

고등학교 담임 선생님의 추천으로 대구교육대학에 입학하면서 대구 생활이 시작되었다. 충청남도 예산에서 태어나 중학교까지 거기서 다니고 인천으로 고등학교 진학을 한 후 이렇게 대구에 오게 된 것이다. 그 이전까지는 한 번도 대전 아래로는 내려와 본 적이 없었다. 천안역에서 경부선을 탈 때부터 소란스러운 말투가 들렸는데 동대구역에 내려 버스를 탔을 때 안내양의 말소리는 도무지 뭐라고 말하는지 알아들을 수가 없었다. 대학에 입학하여 맨 앞자리에 앉아 강의를 듣는데도 교수님의 말씀이 잘 이해가 되지 않았다. 그래도 '잘해야 된다', 아니 '하면 된다'는 생각으로 매일 매일 충실하게 살았다.

힘들 때마다 중학교 때 같은 재단의 예산고등학교 현관에 쓰여져 있던 문구를 떠올린다.

'안 된다고 생각하는 사람은 영원히 할 수 없다. 할 수 있다. 될

새벽을 달린다

수 있다. 자신과 의욕이 있는 사람만이 이룰 수 있다.'

박정희 대통령께서 하신 '하면 된다'라는 글을 되뇌이며 사계절 캠퍼스 생활을 했다.

입학하자마자 국제동아마라톤에 참가하면서 대구교육대 역사 상 처음으로 공부와 운동을 함께 하는 내가 탄생했다. 고등학교 때 담임 선생님이 내 형편을 어렵게 보시고 교대를 보내 주셨듯이 생활비는 내가 벌어서 써야만 했던 시절, 체육과 교수님이 시내 초등학교 코치로 넣어 주셨다.

비가 오나 눈이 오나 새벽이 되면 앞산을 향해 달렸다. 오전에 는 열심히 강의를 듣고 강의가 끝나면 곧바로 1시간 거리의 초등 학교로 갔다. 육상부 선수들이 수업을 마치고 기다리고 있었다. 함께 달리고 또 뛰고 하다 보면 해가 질 무렵이 되어서야 교대 앞 대명동 자취방으로 돌아왔다. TV도 없던 시절, 헌책을 넘기다 일 찍이 잠이 들었다. 몸에 마치 알람시계가 달린듯 새벽 5시가 되면 스프링처럼 어김없이 일어나 또다시 앞산을 향하여 달리기를 했 다. 과거에는 국가대표의 꿈을 향해 달렸지만 이때는 전국체육대 회에 나가 1등을 하기 위해 달렸다.

그러던 어느 추운 겨울날, 자고 있는데 연탄에 가스가 새어 방 으로 들어와 잠에서 깨어나지 못한 적이 있다. 주인집 아주머니가 아침밥을 하러 나왔는데 새벽에 운동을 나가 신발이 없어야 하는 데 신발이 보이더라고 한다. 이름을 불러도 대답이 없자, 방문을 열어보았다고 했다. 한참 흔들어 깨워도 일어나지 않아 바로 업고 병원으로 데리고 가셨다. 가는 도중 찬바람을 맞아서인지 병원에 도착할 때쯤 난 깨어났다. 그날 단 하루를 제외하고는 365일 어느 하루도 거르지 않고 새벽 5시만 되면 높은 산을 뛰어 다니다 보니 도로를 뛰는 것은 식은 죽 먹기만큼이나 아주 쉬웠다.

대학 입학하자마자 3월, 국제동아마라톤에서 7등을 하였다. 1등과 함께 인터뷰를 할 수 있는 기회가 있었는데 그 인터뷰로 인해, 학교도 대구시체육회도 대구시육상연맹도 나의 존재를 다 알게 되었다. 그 후 담당 교수님의 조언도 있고 해서 더 열심히 새벽을 달리게 되었다. 그 덕분에 전국체육대회 대비 평가전인 8·15단축마라톤 10km에서 1등을 하였다. 국가대표의 꿈을 꾸며 열심히 하던 과거에는 1등을 못했는데 이렇게 처음 참가하는 대회에서 입상을 하다니……. 그 이후 나는 더 열심히 혼자 훈련을 했다.

그해 가을, 10월 말쯤이었다. 인천에서 열리는 전국체육대회에서 대구광역시 대표로 나가게 되었다. 시합 뛰기 전날, 혈압을 측정하는데 난 아주 낮은 저혈압이라고 하며 간호사가 걱정을 하였다. 그렇지만 난 반대로 생각하며 시합에 참가했다.

'많이, 빨리 달리면 내 혈압은 정상이 될 거야.'

더 열심히 달렸지만 아쉽게도 4위를 하였다. 대학부 20km 단축마라톤에서 메달을 따지 못했지만 내게 할 수 있다는 자신감을 남겨 준 첫 번째 전국체전이었다.

그 뒤 대구로 내려와서는 무작정 달리기를 하지 않고 체계적으로 계획을 세웠다. 평일에는 등교를 해야 하므로 시간 관계상 대덕사 절까지만 뛰어 올라가서 체조하고 내려오기로 했다. 그러면 실제로 뛰는 시간은 1시간이 된다. 주말에는 앞산 정상까지 올라갔다가 내려오는 코스로 하여 달렸다. 이렇게 2시간 넘게 달리기를 하고 돌아올 때면 파김치가 된 듯 온몸이 땀으로 뒤범벅이 되고 체력이 완전히 소진된다. 그래도 내가 좋아하는, 아니 잘하는 운동을 하는 것이라 행복했다. 마라톤은 중독성이 있다고 누군가 말했듯이 난 아마도 마라톤 중독이 되어 있었게 아닌가 싶다.

대학교 2학년이 되던 그 이듬해, 전국체육대회가 대구에서 개최되었다. '땅!' 소리와 함께 대구 마크를 달고 힘차게 대구 시내를 달리고 있을 때였다. 어디선가 나타난 오토바이 한 대가 나를 인도하고 있었다. 앞에 있는 오토바이를 잡으려고 조금 더 속도를 내어 달리면 오토바이는 조금 더 빠르게 속도를 내고 내가 조금 처지는가 싶으면 조금 천천히 가고 그렇게 대구시 전체 도로 20㎞를 달리는 사이, 많은 사람들과 함께 커다란 시민 운동장이 보였다. 곧이어 400m 둥근 트랙이 시야에 들어왔다. 한 시간이 넘는 거리를 언제 달려왔나 싶을 정도로 힘든 것도 잊은 채 100m를 달리듯 전력질주를 하여 골인하였다. 모두 축하한다고 말하며 다가와 칭찬해주었다.

전국체전을 마치고 학교로 돌아오는 길이었다. 교문 앞에 '제64

회 전국체육대회 금메달'이라고 커다랗게 쓴 현수막이 눈에 들어왔다. 옛말에 '호랑이는 죽어서 가죽을 남기고 사람은 죽어서 이름을 남긴다'라고 했다. 나도 이름을 남기기 위해 국가대표가 되겠다던 어린 시절의 생각이 새삼 떠올랐다.

대학교 3학년이 되던 그 이듬해에는 강원도에서 전국체육대회가 열렸다. 나의 종목인 마라톤은 춘천에서 대학부 20km 단축마라톤 대회가 개최되었다. 그 대회에서는 1등은 물론 신기록을 세웠다. 춘천은 서방님이 군복무 하던 시절에 가보았던 길목이었다. 그래서 몇 번 버스를 타고 오고 갔는데 이번 춘천 마라톤 코스는 길이 낯설지 않아 사전 답사라도 한 듯 마음껏 뛸 수 있었다. 전국체육대회를 마치고 춘천마라톤대회 42.195㎞ 풀코스가 바로 연이어 있었다. 나는 회복도 되지 않은 채 참가하였지만 이 대회 또한 우승을 하였다. 국제 동아마라톤 풀코스에서 6위와 7위를 한 전적이 최고였는데 우승을 하다니 기분이 너무 좋았다. 비록 체력이 소진되어 무거운 몸인데도 불구하고 날아갈 것만 같았다.

보통 선수들은 대학 4학년이 되면 운동을 그만 둔다. 너무 많이 뛰어서 체력을 다 소모한 탓도 있지만 너무 지쳐서 정신력이 약해지기 때문이다. 하지만 난 변함 없이 훈련을 하여 대회에 참가하였다. 서울에서 열리는 전국체육대회! 대학생활의 마지막 대회인 만큼 개인 훈련을 혹독하게 하였다. 대회를 앞두고 우리 시 대표 장거리 선수들은 일주일 전에 적응훈련을 하려고 올라간다. 난 매일 새벽 대구에서 훈련할 때처럼 일찍 일어나 혼자서 달렸다. 아니 그 시간보다 더 빠른 새벽 2시에 일어나 사전답사를 하였다. 첫날 답사는 대회 코스를 뛰면서 주변을 살피며 운동하는 정도였다. 그 다음 날은 어느 시점에서 오르락, 내리락이 펼쳐지는지 스스로 살펴보면서 작전을 세웠다. 그리고 삼 일째 되는 날은 속도 조절을 하여 조금 더 시간을 단축해 보았다. 우리가 어디를 갈 때, 처음 가는 길은 멀다고 느낀다. 그렇지만 자주 가다 보면 길이 익숙해져서인지 같은 곳에 가는 데도 멀어 보이지 않는다. 그래서 마지막 전국체육대회는 그 원리를 이용한 것이다.

나는 밥을 참 좋아하고 많이 먹는다. 탄수화물을 많이 먹으면 안 된다는 얘기도 있지만 그럼에도 불구하고 나는 반찬에 비해 밥을 2배가량 먹는다. 보통 한 끼 식사에 공깃밥 두 그릇을 뚝딱하니 말이다. 아주 어릴 때 아프고나서 입맛이 없어서 밥을 안 먹으면 엄마가 늘 말씀하셨다.

"밥은 힘이며 보약이다. 밥을 많이 먹으면 잘 아프지도 않고 아파도 금방 일어날 수 있다."

그래서 나는 대회가 다가오면 밥을 더 잘 챙겨 먹는다. 대부분의 선수들은 일정 기간 식사 조절을 하면서 음식량을 조절하지만 나는 시합 3일 전까지도 밥 두 그릇을 먹는다. 그러다가 이틀 전에는 한 그릇, 그리고 시합 당일 아침은 반 그릇을 먹는다. 한 시간 이상을 뛰어야 하기 때문에 최대한 몸을 가볍게 해야 하는 이유이다. 그렇지만 그동안 채워 둔 탄수화물 덕분에 마음껏 달릴 수 있다.

대회 날 당일, 출발 총소리가 울려 퍼졌다. 나는 처음부터 국가 대표 선수들을 따라 뛰었다. 한참을 뛰다보니 오버페이스가 되었는지 바로 앞에 가던 국가대표 선수가 뒤쳐지기 시작하였다. 하는 수없이 연습한대로 속도를 조절하면서 경기에 임했다. 사전답사 작전이 적중했는지 당당히 1등으로 골인하였다. 지난 2년 동안 금메달을 획득하였기에 4학년인 이번 대회는 어려울 것이라 말하던 대부분 사람들의 예상이 무색하게 이번에도 금메달을 획득한 나는 전국체육대회 단축 마라톤 20㎞ 대학부 3연패의 기록을 달성하며 영광을 얻게 된 것이다.

86 아시안 게임과 88 올림픽 경기를 앞두고 온 나라에 체육이 부상하고 있던 때인지라 나의 전국체전 3연패는 내 자신에게 큰 영광인 것은 물론이거니와 주변에서도 아낌없는 칭찬과 축하 세례를 받았다. 학교 주변에는 축하의 현수막이 곳곳에 커다랗게 걸렸고 여기저기에서 후원도 많이 들어왔다. 대구시체육회로부터 올해의 최우수 선수로 선정되어 상패를 받았고 대한상공회의소로부터 장학금을, 대구교육대학 동창회에서도 장학금을 받았다. 나는 이제 우리 학교의 유명인이 되었다. 운동을 통한 행복한 학교생활은 그렇게 마무리되었다.

2. 대구 시내 발령

　　초등학교 선생님으로 발령 나기 직전, 4학년 400여 명 중 180명만 대구 시내에 발령 나고 나머지 학생들은 경북으로 발령 난다고 하였다. 한번 경북으로 발령 나면 대구로 들어오기 어렵다는 설이 있었다. 내 성적으로는 대구에 발령 나는 것이 어려운 일이라는 것을 알고 있었고 사실 선생님이 되는 것만으로도 나에게는 과분한 것이라고 생각하면서도 늘 대구 시내에 발령이 났으면 좋겠다고 생각했다.

　　그러던 어느 날, 내가 대구 시내에 발령 난다는 소식을 접했다. 담당 교수님이 아님에도 불구하고 내가 제일 좋아하고 존경하던 교수님께서는 직접 나서서 후배 양성을 위해 대구에 꼭 필요한 선생님이라고 강조하시며 박영순을 대구에 발령 나도록 해 달라고 하셨다는 것이다. 노 교수님은 평소 온화하시고 조용한 분이셨다. 농구가 전공인 키 큰 교수님을 보면서 어릴 적 우리 아버지가 생각났다. 대학에 입학하고 처음 교수님을 뵙는 순간부터 그렇게 느껴왔다. 그래서 교수님께 더 잘 보이려고 그토록 노력했는지도 모른다.

드디어 대구 시내에 180등으로 마지막 발령을 받았다. 대구 옥산초등학교는 대구역 뒤편에 자리 잡은 학교였는데 나는 첫 발령지인 이곳이 너무나 좋았다. 적절한 예인지는 모르겠으나 도둑이 도둑질을 하다 말면 할 것이 없어서 다시 또 나쁜 짓을 하게 된다는 말이 있듯, 나도 평생 달리고 또 뛰고 하면서 살아오다 보니 발령 나서 첫 아이를 낳고 얼마 되지 않아 주부 마라톤에 참가했다. 두류공원을 중심으로 달리는 단축마라톤이어서인지 별다른 훈련을 하지 않는데도 쉽게 1등을 하였다. 이 일로 지역 신문에 사진과 함께 커다랗게 기사가 실렸는데 한 마라톤 동호인은 학교로 찾아와 주부가 아니라고 하며 한동안 교무실에서 소란을 피운 적이 있었다. 그 분은 동호인 마라톤대회를 할 때마다 거의 1등을 놓치지 않았다고 했다. 일본도 한국대표로 갔다 온 동호인 선수였다. 그러던 어느 날, 들도 보도 못한 낯선 선수가 출전하여 1등을 놓쳤으니 이야기를 듣고 보니 이해가 되기도 했다.

그 이듬해에도 나는 같은 대회에 참가하여 1등을 하고 또 그 다음 해에도 1등을 하였다. 전국체육대회처럼 이 주부 마라톤에서도 3연패를 한 것이다. 시상식이 있어 서 있는데 동호인 선수 한 분이 다가오더니 앞으로는 나오지 않았으면 좋겠다고 조용히 부탁을

새벽을 달린다

하였다. 그때 이후부터는 이 마라톤 대회에 참가하지 않았다.

그러고 나서 오랜 세월이 지나 2010년쯤 되던 어느 날이었다. 어떻게 알았는지 전국생활체육대회에 참가해 달라는 내용으로 대구시 생활체육회 회장님으로부터 직접 연락이 왔다. 장거리 마라톤이 아닌 트랙에서 경기하는 종목에 참가해 달라고 하셨다. 트랙 종목도 아마 내 나이에서는 전국이라 하더라도 경쟁 상대가 없을 거라 생각한 나는 곧바로 시합에 참가하겠다고 하였다.

트랙 종목은 100m, 200m, 400m 계주, 1,600m 계주 등 다양한데 나보고 다 뛰어 달라고 했다. 워낙 뛰는 것을 좋아하는 나는 거제도에서 열린 전국생활체육대회에 참가하여 4종목에서 1등을 하며 다관왕이 되었다. 지금은 테니스 치는 재미에 푹 빠져 살고 있지만 사실 내 주 종목은 알고 보면 육상이다.

VIII.

페이스 메이커

1. 담금질

어릴 때부터 운동과 공부를 겸하던 나는 선생님이 되어서도 관리자가 되어서도 갈증을 느낀다. 늘 뭔가 부족한 느낌이 들어, 연수 관련 공문만 나오면 뭐든지 배워서 채워야 한다는 강박감마저 있는 듯하다.

교사 시절, 초임부터 교기 지도를 하면서도 방학이 시작되면 어김없이 10일간은 집합 연수를 하였다. 연수에 참석하면 근무할 때 못 만나던 친구와 선후배도 만나고 좋은 정보도 얻을 수 있었다. 그런데 오랜 세월이 지나 그렇게 받아 둔 연수 시간이 승진 점수로 쓰이게 될 줄은 꿈에도 몰랐다. 처음부터 승진을 염두에 두고 받은 연수는 아니었는데 말이다.

그 후, 교감이 되어서도 계속 연수를 받았다. 인터넷이 발달되어 온라인 연수가 개설되다 보니 집합 연수와 병행하여 하다 보면 어느 해에는 500시간이 훌쩍 넘기도 하였다. 연수 성적 100점을 받고자 연수 내용을 모두 소화하려고 노력하지는 않았다. 이수 기준인 60점만 넘겨야지 생각하고 연수에 임하면 스트레스도 받지 않고 즐겁게 공부할 수 있었다. 그 속에서 새롭게 변하는 교육을 느낄 수 있고 때로는 닮고 싶은 것을 모방해 보기도 한다. 이렇듯 연수를 하면 기분이 좋다.

교장이 되어서도 꾸준히 연수를 신청하여 받고 있다. 교사 시절에는 연수를 통해 배운 것을 우리 반 친구들에게 적용해 보곤 하였는데 지금은 젊은 우리 선생님들을 이해하는 데 많은 도움이 된다.

2020년에는 코로나19로 인해 집합 연수가 적고 대부분 비대면 온라인이나 쌍방향 연수를 실시하였다. 대부분의 연수가 선착순으로 신청되다 보니 조금만 부지런히 서두르면 신청할 수 있다. 특히, 관리자 연수는 공문이 나오는 대로 신청해서 듣다 보니 엄청 바쁜 나날을 보내기도 한다. 신청한 것은 하나도 빠뜨리지 않고 모두 들어서 이수하기 때문이다.

관리자의 대부분은 코로나19로 인해 집합 연수를 신청하지 않았다. 하지만 나는 개인방역을 철저히 하며 열심히 참석하였다. 6월 초 제주도에서 4박 5일로 진행된 한 퇴직자 연수는 퇴직 후 어떻게 준비해야 할지에 관한 연수였다. 부산에서 실시한 1박 2일 인권교육연수와 제주도에서 실시한 1박 2일 사이버인권연수, 서울에서 실시한 1박2일 통일연수 그리고 대구창의융합원에서 3일간 실시한 정보 관련 연수, 그 밖에도 스피치연수 등 많은 연수를 받았다.

그중 점심시간 이후 대구교육연수원에 가서 받았던 스피치연수는 내게 꼭 필요한 연수였다. 앞에 나가서 즉흥적으로 말하기도 하고 모둠별로 유인물을 보면서 토의하는 장면을 녹화하기도 하였다. 리더로서 갖추어야 하는 여러 가지를 채워 준 귀한 연수였다.

집합 연수 이외에도 학교에서는 쌍방향 연수를, 퇴근 이후에는 온라인 연수를 하였다. 이렇듯 다양한 연수를 받아 우리 학교에 있는 여러 선생님들을 다방면으로 지원해 주고 싶은 마음을 정리하고 담금질하는 중이다.

2. 시어머니

　　고등학교 때 우연히 선배를 따라 방문했던 선배네 집. 인천이라는 객지에서 살고 있던 우리는 고향이 같은 충남이라는 이유로 평소 가까이 지내던 사이였다. 어느 날, 자연스럽게 선배네 집에 놀러 갔을 때 시어머니를 처음 뵙게 되었다. 시어머니는 시골에서 농사를 짓는데도 피부가 뽀얀니 곱고 음식 솜씨가 매우 좋으셔서 차려 주신 음식을 맛있게 다 먹고 왔다. 그 뒤로도 한 번씩 놀러 가면 늘 푸짐하게 음식을 차려 주시고 편안히 놀다 가라고 하셨다.

　　시어머니는 1남 9녀, 10남매의 장녀로 태어나 19살에 일찍이 시집을 왔다고 하셨다. 시아버님이 교직에 계시다 보니 농사는 시어머니의 몫이었다. 논과 밭일이 많아 시어머니는 오촌들과 하루 종일 농사일을 책임지고 다 하셨다. 시어머니는 이른 나이에 부모님을 잃은 오촌들을 키워서 집과 땅을 마련하여 장가를 보내주었다.

시어머니는 딸 여섯에 아들 둘, 8남매를 낳으셨다. 내가 결혼하고 나서 얼마 지나지 않아, 아들 두 명 중 막내아들은 고등학교 여름방학 때 매형을 따라 아르바이트를 하겠다고 나섰다가 사고가 나서 먼저 하늘나라로 가버렸다. 평소에도 말수가 적던 시어머니는 그때부터 더 말씀이 없어지셨다.

그렇게 평생 농사일을 하시다 보니, 내가 결혼 전 놀러 갈 때부터 허리가 아프다고 하셨다. 시어머니 연세 쉰 되시던 어느 날에는 많은 돈을 들여 서울에 있는 병원에 가서 수술을 받기도 하셨다. 그런데 수술을 하여도 허리는 낫지 않으셔서 고생을 엄청 하셨다. 수술을 받고 나면 쉬어야 하는데 시어머니는 계속 일을 하셨기 때문이다. 시어머니는 허리가 아픈데도 불구하고 평생 농사를 지으며 사셨다.

시어머니는 며느리인 내게 자신이 살아 온 이야기를 해 주신 적이 있다. 시집 와서 딸을 연달아 낳다 보니 곧바로 또다시 아이를 낳고 싶었다고 하셨다. 아이를 낳을 때 얼마나 아프고 고통스러운지를 나도 아이를 둘 낳아봐서 잘 알지만 아들이 얼마나 간절하셨으면 그런 생각을 하셨을지 안타까웠다.

어머님 연세 예순 중반쯤, 아버님이 퇴직하신 후에야 논만 남기고 밭은 모두 과감하게 정리하셨다. 하지만 그 이후에도 시어머니는 집 주변과 언덕 산에 이것저것 작물을 심으셨다.

어머님이 82세가 되던 해, 이번에는 무릎 수술을 받았다. 몇백만 원을 들여 수술을 받았지만 연세가 많아서 그런지 별 차도가 없었다. 허리, 무릎 말고는 건강하신 편이었는데 언젠가부터 당뇨약을 드셨다. 그러던 중 어느 날 갑자기, 파킨슨병에 걸렸다는 소식이 전해졌다.

그러다 최근 2년 전에는 치매가 왔다. 그해 추석에, 손녀인 연재는 그동안 대학 강의한 돈을 모아 할머니께 흰 봉투를 드렸다. 연금을 받아 생활하셔서 여유가 있는데도 손녀딸이 열심히 벌어서 준 용돈이라 그런지 기분이 무척 좋아 보이셨다.

그리고 두 달 정도 지나, 어머님은 치매로 요양병원에 입원했다. 남편과 고향인 충청도에 둘이 살고 계셨는데 치매로 대소변을 가리지 못하게 되어 어쩔 수 없이 입원시켜 드리게 되었다. 주말이 되면, 한 번씩 찾아뵈었는데, 갈 때마다 집에 가자고 말씀하시곤 했다. 늘 깔끔하시던 분이라 그런지 대소변을 화장실에 가서 보고 싶다고도 하셨다. 무엇보다 누군지 잘 알아보지 못해 더욱 안타까웠다. 그래도 기회가 될 때면 아이들과 함께 요양병원에 찾아가 뵈었다. 지난해 1월부터 코로나라는 감염병이 우리 곁에 찾아오기 전까지는……. 이후로는 병원에서 통제를 하다 보니 만나 뵐 수가 없었다.

그러다 지난 추석 연휴 시작 전날, 두 명 인원 제한으로 단 10분만 만나 뵐 수 있다고 했다. 남편은 나와 함께 어머님을 뵐 수 있도록 예약해 두었다. 그날 나는, 우리 학교 선생님들께 모두 추석

연휴 잘 보내고 오시라고 간단히 말씀드리고는 먼저 조퇴를 하고 곧바로 출발하였다. 휴게소를 한 번도 들르지 않고 고속도로를 줄곧 내달렸는데도 약속한 시각보다 5분이 지나서야 요양병원에 도착하였다. 그래도 다행히, 멀리 대구에서 왔다고 사정을 말하니 면회를 시켜주어 어머님을 뵐 수 있었다. 비닐 가림막 건너편에 계시는 어머님의 모습은 얼굴이 하얗고 통통하니 괜찮아 보이셨다. 그러나 어머님은 계속 아프다고 하셨다. 하루 종일 침대에 누워 계시다 보니 욕창에 걸렸다고 간호사가 말해 주었다. 다음에 또 오겠다고 인사를 드렸는데 그것이 살아생전 마지막이 될 줄은 몰랐다. 어머님과 면회를 마치고 돌아와, 담당 의사 선생님과 상담을 했다.

"이번 겨울을 넘기기 어려울 것 같습니다."

의사 선생님의 말씀을 듣고 무거운 마음으로 대구에 내려왔다.

얼마 지나지 않아 퇴근을 하던 길에 이었다. 그날따라 교통사고가 나서 차가 심하게 부서졌다. 부서진 차를 어떻게 해결해야 할지 몰라 당황하고 있을 즈음, 청천벽력과 같은 시어머니의 부고를 전해 들었다. 그렇잖아도 교통사고가 나서 마음이 몹시 불안했는데 어머님의 부고까지 듣다 보니 마음이 진정이 되질 않았다. 바로 출발하려고 하니 남편은 다음 날 아침 일찍 오라고 했다. 차를 카센터에 맡기고 난생 처음으로 렌터카를 빌렸다. 렌터카는 여행 가서나 잠시 빌리는 것인 줄만 알았지, 이런 일이 내게 일어날 줄

새벽을 달린다

은 몰랐다.

다음 날, 렌터카를 타고 아이 둘과 함께 당진장례식장에 도착하니 모두 와 계셨다. 코로나로 인해 문상객이 적지 싶었는데 시간이 지나면 지날수록 많은 분들이 오셔서 고인의 명복을 빌어주셨다. 15년 전, 아버님이 돌아가셨을 때는 어떻게 해야 할지를 몰라 지켜보기만 했는데 이번에는 상주인 남편을 대신하여 총 관리를 하였다. 마지막까지 모두 정산하고 부의금이 조금 남아 시누들에게 똑같이 나눠 주었다. 잘하는 것인지 모르겠지만 왠지 남으면 시끄러울 것 같아 그 자리에서 다 정리했다. 시어머니는 평생 일을 많이 하시다 보니 몸이 아파 고생하셨는데 하늘나라에 가셔서는 아버님 만나 아픈 허리 펴시고 함께 산책하면서 편안한 마음으로 행복하게 사셨으면 좋겠다고 간절히 기원했다.

결혼을 하면 시어른 때문에 힘들다고 하는데 충청도와 대구는 멀리 떨어져 있어서 그런지 시어머니께서는 며느리도 늘 손님처럼 맞이해 주셨다. 아버님 살아생전 귀한 며느리라 하시며 감싸주셔서 한 말씀 못하시더니만, 아버님 돌아가시고 17년을 지내면서도 잔소리 한번 아니 하시던 시어머니는 88세에 치매로 노인요양병원에 입원하게 되면서 급격히 건강상태가 나빠지셨다.

'그럴 수밖에…….'

평생을 온화하게 사신 성격만큼이나 돌아가시는 시기도 엄청 좋았다. 맑은 가을날, 시어머니는 아버님 곁으로 가셨다. 그곳에 가서는 아프지 말고 편안하고 행복하게 사셨으면 좋겠다.

'어머님, 그동안 죄송합니다. 그리고 감사합니다. 평생 당신은 98세 시어른 모시며 고생하셨는데 정작 본인은 며느리 하나에 멀리 떨어져 살다 보니 자주 못 뵙고 대접도 못 해드렸어요. 또한 며느리 직장 다닌다고 시간 없다 하시며 늘 집에 오면 손님으로 대접만 해주시고……. 멀리 떠나시고 나니 자꾸만 잘해드리지 못한 것만 떠오르네요. 어머님, 앞으로 어머님께 못한 효도 서방님께 더 잘할게요. 아니 형제들한테도 잘해서 편안한 가정이 되도록 노력하겠습니다.'

3. 여행

나의 취미는 틈만 나면 테니스를 치고 골프를 치기 때문에 운동이라고 할 수 있다. 하지만 어릴 때 막연히 누가 취미가 뭐냐고 물으면 독서 혹은 여행이라고 말하곤 했다. 그 이유에서일까 아직도 좋은 시력으로 틈틈이 책을 읽고 여행을 다녔다. 그리고 코로나19가 세상을 덮치기 전에는 최소한 1년에 두세 번 정도 인천공항에서 비행기를 타고 멀리 세계 여행을 떠났다.

2005년 서부초에 근무할 때, 관리자 두 분과 부장 네 분이 3박 5일 캄보디아로 떠나면서부터 내 인생의 여행이 시작되었다. 그 후 일본 오사카, 중국 북경, 일본 후쿠시마, 베트남, 필리핀, 홍콩, 대만, 동미국과 캐나다, 싱가포르, 동유럽 7개국, 서유럽 5개국, 크로아티아, 터키, 스페인, 코타키나발루, 영국과 아일랜드, 이탈리아, 포르투갈, 리스본, 이집트 등을 다녀왔다.

여행 동반자로 처음에는 동료 선생님들과 다니다가 이후에는 가족들과 함께 했다. 남편과 처음으로 8박 9일 터키 여행을 떠났는데 처음 비행기를 타는 서방님은 조금 낯설어 하면서도 얼마 지나지 않아 현지 음식도 잘 먹고 잘 적응하였다. 터키에서 남편과 함께 본 1,750년 전에 세워진 성소피아성당과 이른 새벽에 나가 카파토키아 열기구를 타고 창공 100m를 올라가서 바라본 떠오르는 터키의 태양은 참으로 장관이라 잊을 수 없다.

2008년에는 교육청 우수교사로 선발되어 11박 12일로 미국 동부와 캐나다를 다녀왔다. 세계 3대 폭포 중 하나인 나이아가라 폭포는 여행 중 뽑은 베스트였다. 우비를 입고 배를 타고 가서 쏟아지는 안개비를 맞을 때, 그때는 모두 자기도 모르게 크게 환호성을 질렀다.

코타키나발루는 딸과 함께 반 패키지로 출발하였다. 미리 예약해서 찾아간 힐튼호텔. 힐튼호텔은 그해 2월에 오픈하여 매우 깨끗하고 좋았다. 동남아의 여름은 정말 더웠는데 호텔만 들어가면 천국이 따로 없었다. 3박 5일의 코타키나발루 여행은 딸과의 첫 번째 배낭여행이었다.

1992년부터 함께 근무하던 북대구팀은 4년 근무 후 헤어진 뒤 오랜 세월이 흘러도 지속적으로 연 2회 만남을 이어가고 있다. 한 번 만날 때마다 회비를 내는데 반은 맛있는 식사를 하는 데 쓰고 반은 저축을 하였다. 어느 날, 저축한 돈이 얼마 되지는 않았지만 갑자기 여행을 떠나기로 하고 5명은 홍콩으로 비행기를 타고 날아간 적이 있다. 오픈된 2층 버스를 타고 보는 홍콩의 밤거리는 황홀하였다. 또한 오랫동안 인연을 맺은 동료들과 함께하는 여행이라 달콤하고 맛있었다.

딸 연재가 이탈리아에서 유학 생활을 할 때, 우리 가족은 모두 서유럽으로 패키지여행을 떠났다. 여행 도중 이탈리아 두오모 성당 앞에서 딸을 만나, 가족사진도 찍고 함께 호텔로 이동하여 함께 잠도 잤다. 짧은 만남이었지만 너무 행복했다.

또, 아들이 태어났을 때 들어놓았던 20년짜리 우체국 보험이 있었는데 어느새 그 아들이 자라서 보험을 타게 되어 아들과 함께 대만에 갔다. 중국과 같은 듯 하면서도 어딘가 모르게 다른 대만은 처음 떠난 아들과의 추억을 사진과 함께 가득 담아왔다.

과거와 현재 아는 선생님들 팀에 갑자기 합류해서 떠난 동유럽 7개국. 9명의 많은 인원이 출발하였는데 처음 보는 선생님들도 있었다. 이렇게 많은 인원이 움직이다 보면 잦은 충돌이 있을 법도 한데 동유럽의 건물과 풍경에 취해 그럴 새도 없이 12박 13일 한여름 여행은 끝이 났다.

여행을 방학 때마다 하다 보니, 어느새 가야 할 곳이 보이기 시작했다. 친한 사이는 아니지만 동기, 선배 둘과 함께 4명이 크로아티아로 출발하였다. 역시 멋진 유럽 여행. 식물이 살아가려면 물, 햇빛, 거름이 꼭 필요하듯이 여행을 하려면 돈, 시간, 건강이 필요하다. 거기에 한 가지 더! 멋진 동반자가 있으면 금상첨화다.

어느 여름날, 딸과 함께 중국 북경으로 여행한 적이 있다. 딸이 북경 음식을 전혀 먹지 못해서 고생한 중국. 천안문과 만리장성만 올라갔다가 돌아왔다. 북경 3박 5일에 비해, 겨울에 간 상해는 거리도 깨끗하고 음식도 독특한 향이 덜 나는 것이 훨씬 적응하기에 좋았다.

나중에 남편과 다시 찾은 중국은 황산. 북경, 상해와는 아주 많이 다른 황산은 자연 그 자체가 웅장하니 아주 멋졌다. 아쉬운 점은 멋진 절경을 보겠다고 호텔에서 일찍 일어나 황산을 올라갔는데 안개로 인해 앞에 아무 것도 보이지 않았다는 점이다.

배를 타고 일본 오사카에 가니, 여기는 오사카성에서부터 온통

신사뿐이었다. 후쿠오카는 두 번 가보았는데 온천이 발달 되어 아침, 저녁으로 온천에 가서 목욕만 실컷 하고 돌아온 기억뿐이다.

코로나19가 오기 전 여름, 딸과 함께 유럽 배낭여행을 떠났을 때의 추억으로 지금은 먹고 살고 있다. 이탈리아에서 공부하기 위해 방학 때마다 서울에 올라가서 고시원에 방 얻어 놓고 학원 다니며 배운 이탈리아어가 이렇게 엄마의 가이드 역할을 할 줄은 몰랐다. 딸은 그동안 키워주고 공부시켜 주어서 고맙다며 강사비 모아둔 돈을 털어 나에게 유럽 여행을 시켜주었다.

먼저, 이탈리아에 호텔을 잡아 놓고 이틀을 보내면서 가족들과 잠시 본 밀라노 두오모 성당을 표 끊어서 들어가 보기도 하고 그 뾰족뾰족한 지붕 위에도 올라가 보았다. 전철을 타고 인근에 있는 소도시도 둘러보았다.

이틀이 지나, 2시간 30분 동안 저가 비행기를 타고 도착한 곳은 포르투갈에 있는 리스본이었다. 아주 오래 전에 해일로 마을이 피해를 본 이후 다시 정비된 도시라 그런지 아주 깔끔하게 정돈이 되어 있었다. 거리의 바닥이 우리나라처럼 아스팔트가 아니라 아주 작은 돌로 무늬가 예쁘게 꾸며져 있었다.

다음 날, 열차를 타고 인근 관광단지를 찾아갔다. 오래된 성당과 처음으로 먹어보는 에그 타르트의 맛은 참으로 달콤하였다. 리스본에서 이틀을 보내면서 구미에 살고 있는 모자를 만나게 되었다. 그분들도 다음 일정이 포르투라고 해서 우린 그곳에서 만나기로 약속하고 딸과 둘이서 리스본의 밤을 보냈다.

세 시간이 넘게 걸리는 장거리 버스를 타고 포르투로 향했다. 보통 패키지여행을 떠나면 스페인과 포르투갈을 묶어서 가는 경우가 많다. 그러나 남편과 둘이 스페인만 다녀오다 보니 포르투에 많이 가고 싶었는데 이제야 오게 되었다. 딸은 이탈리아에서 공부할 때 이곳을 여러 번 와봤다고 했다. 이곳에 2층으로 된 동루이스 다리를 엄마에게 꼭 보여주고 싶었다고 했다. 아래에서 볼 때와는 또 다른 2층 위에서 본 포르투의 전망은 정말 멋졌다. 그 다리 옆 언덕에서 자유롭게 휴식을 취하고 있는 100여 명의 젊은이들 또한 멋진 풍경이 되어 어우러졌다.

조앤 롤링이 『해리포터』를 쓰는 데 영감을 얻었다는 서점에 들어가기 위해 줄 서서 한참 기다리다 표를 끊고 들어갔다. 한 시간가량 기차를 타고 다시 버스를 타고 찾아 간 줄무늬 마을은 쭉 펼쳐진 집들이 모두 색깔만 다르게 줄무늬로 색칠되어 있었다.

조식은 호텔에서 해결하고 점심, 저녁은 별 다섯 개인 맛집을 찾아다니며 포르투의 음식을 음미했다. 여행 도중 만난 모자팀과 쇼핑도 하고 함께 식사도 했다. 그 또한 여행의 즐거움이었다. 다시 이틀을 남기고 밀라노의 호텔로 돌아왔다. 저녁 때 다시 찾아간 두오모 성당의 모습은 또 다른 깊은 맛이 있었다.

마지막 날은 3년 전 딸이 열심히 공부하던 밀라노 마랑고니 학교에도 가보고 명품 거리도 마음껏 구경하고 왔다. 나중에 다시 와서 마음에 드는 가방 하나 꼭 사야지 다짐하면서 한국으로 돌아오는 비행기에 몸을 실었다.

언젠가 아이들이 시간 날 때 가족이 다 함께 여행을 가보자 마음먹었는데 4명이 함께 움직이려면 가장 큰 문제가 여비이다. 서유럽 여행 때 3명이 움직였는데도 1,000만 원을 훌쩍 넘었기 때문이다. 그래서 잔꾀를 부렸다. 온 가족이 함께 여행을 갈 때는 동남아로 가기로 하고 태국과 다낭을 다녀왔다.

태국은 황금으로 된 왕궁을 보려고 출발하였는데 바다와 함께 연결된 수영장이 있는 호텔이 너무 좋고 인상적이었다. 다낭은 호이안에 있는 야경 등불을 보고 싶어서 갔다. 호이안의 거리는 온통 화려한 등불들로 오색찬란하였다.

지난 마지막 여행은, 딸과 함께 또다시 떠나기로 하고 일찍이 예약해 둔 모로코 행이었다. 그런데 학교 사정으로 인해 날짜를 조정하다 보니 취소되고 결국 이집트로 여행 장소를 변경하게 되었다. 그러다 보니 딸 일정이 안 되어 아들을 대타로 해서 데리고 갔다. 출발하기 전에 나는 시험을 연이틀 뛰다 보니 과로하여 몸이 아픈데도 불구하고 이집트로 출발하였다.

8박 9일 중반까지 계속 몸이 아픈 가운데 여행은 진행되었다. 이집트가 여행을 오픈한 지 3년밖에 되지 않아 아직은 어수선했지만 그 나라의 삶을 엿볼 수 있어서 좋았다. 돌아올 즈음에는 지쳤던 몸도 회복하여 아프지 않았다. 책으로만 보던 피라미드와 스핑크스를 가까이에서 눈으로 직접 볼 수 있어서 너무나 좋았다. 그 옛날, 중장비도 없었을 텐데 어떻게 이렇게 큰 돌을 쌓아 올려 만들 수 있을지 아무리 생각해 보아도 놀랍기만 하였다.

어릴 때 무심코 좋아 보이려고 내 취미는 '여행'이라고 적었었는데 언젠가부터 진짜 여행광이 되어 있었다. 어떤 사람들은 한곳에 깊숙이 들어가 오랫동안 여행을 한다고 한다. 하지만 난 그렇지 않다. 난 패키지도 좋다. 누구와도 크게 불편을 느끼지 않고 여행을 하는 편이다. 지구 어디든, 건강이 허락될 때 더 많은 곳을 가보고 싶다. 세계가 코로나19로 멈춰진 상태이다 보니 여행도 정지되어 있다. 비행기를 타고 싶은데 탈 수가 없다. 빨리 백신이 보급되어 감기약 먹듯 코로나 걸리면 약 먹고 낫는 그런 날이 빨리 왔으면 좋겠다. 나이는 자꾸만 먹어가고 있는데…….

새벽을 달린다

IX.

나에 대해...

1. 성격

　사람들은 저마다 성격이 다르다. 나의 성격에 앞서 나의 띠를 먼저 소개하겠다. 나는 소띠이다. 나는 소극적이지 않고 매사에 매우 적극적이다. 단지, 항상 묵묵하게 자기의 일에만 집중하여 일하는 스타일이라고 할 수 있다. 따라서 어느 정도 시간이 지나면 자연스럽게 주변 사람들에게 인정을 받게 되는 스타일이다. 큰 일 앞에서는 너무 신중하게 생각하고 행동을 한다고 하지만 큰 결정도 단순하게 생각하고 너무 쉽게 행동을 하다 보니 손해를 많이 보는 경향이 생기기도 한다.

　내 성격의 특징은 바로 정직하고 성실하다는 점이다. 또 한 가지를 보태자면 인내심이 빠지면 섭하다. 소띠는 기본적으로 상대방과 이야기를 할 때, 말을 함부로 하지 않고 진중한 성격을 가지고 있는 경우가 있다고 하는데 나는 늘 성격이 급하여 0.1초도 생각하지 않고 바로 말을 할 때가 많다. 그러다 보니 조금 지나고 나면 속으로 가슴앓이를 자주 한다.

'조금만 참았다가 말할 걸…….'

하고 말이다.

소띠의 장점 중 한 가지는 바로 어떠한 일을 하든지 간에 반드시 깊이 생각하고 꼼꼼하게 계획하여 행동을 한다는 점이다. 일단 일이 시작되고 나서는 조금 힘든 점이 생기더라도 묵묵하게 견디며 끝까지 처리하는 스타일이라고 한다. 따라서 어떠한 일을 하든지 간에 신념과 열정을 가지고 일을 하는 것이 특징이고 일을 처리함에 있어서도 명분을 확실히 하고 착실하게 해내는 성격을 가지고 있다. 사업과 가정을 모두 중요하게 생각하기 때문에 형제들과도 화목하게 지내려고 하는 성향을 가진다고 한다.

다만, 단점이 있다면 너무 자기의 성격대로 일처리를 하는 스타일이다 보니 고집쟁이로 변질되는 경우가 있고 미

치광이처럼 한쪽으로 너무 치우치게 되는 경우가 있다고 한다. 독일의 히틀러나 나폴레옹도 소띠였다고 한다. 나도 지금까지 살아오면서 어느 한 부분에 꽂히면 정신없이 빠져들어 옆에 있는 사람조차 보지 못할 때가 있었다.

스스로 생각하는 나의 성격은 정직한 편이라 거짓말을 잘 하지 못한다. 겉보기에는 엄한 듯 보여도 알고 보면 정도 많고 따뜻하다. 또한 입이 무겁고 조용한 편이라 사람들의 이야기를 묵묵히 들어주고 행동하는 사람이다. 끈기가 강하고 남에게 지는 것을 싫어해서 일명 뚝심이 강하다는 소리를 듣는다. 말로 무언가를 하기보다는 행동으로 보여주다 보니 듬직함도 한몫을 한다.

결혼 생활에서는 보편적이다. 자신이 하기 싫은 일에도 투덜거리지 않고 군소리 없이 해야 할 일을 완수하는 편이며 책임감이 강하고 참을성도 많다. 하지만 단점은 고집이 너무 강해서 황소고집이라는 소리를 들을 정도이다. 고집만 버리면 너무 완벽한 성격이라고들 한다.

또한 모으는 것을 좋아하고 재물이나 명예에 관심이 많다. 보수적인 편이기 때문에 우직하다 보니 주변에 믿고 따르는 사람들이 많은 편이다. 하지만 황소고집처럼 싫어하는 사람은 끝까지 싫으며 다시는 보지 않으려고 하는 냉정함을 갖고 있기도 하다. 그러다 보니 중요한 것을 잃어버릴 때가 종종 있다. 고집을 조금만 버리고 이해심을 차츰 넓혀서 대인관계를 좋게 해나가려고 노력 중

새벽을 달린다

이다.

　난, 무엇보다 마음이 여유롭고 가슴에 열정이 가득하다. 강한 책임감이 밑바탕이 되어 있어서 이루고자 하는 것은 꼭 해내는 그런 사람이다.

2. 나의 테니스

새벽을 달린다

평소 취미활동으로 틈만 나면 테니스를 치러 테니스장을 찾아 간다. 그러다 주말이 되면 테니스 시합이 있는 곳으로 찾아가는 편이다. 매주 주말 거의 놓치지 않고 시합에 참가하였는데도 쉽게 입상을 하지 못했다. 주중에도 시합이 자주 있는데 그 시합에 참가하는 테니스 메니아들을 감당하기 어렵다. 그러다보니 전국대회에서 우승하기가 매우 어려웠다.

우승을 하고 싶은 마음에 어느 날은 큰맘 먹고 평생에 딱 한번 연가를 내서 창녕에서 열리는 화왕산배 테니스 대회에 참가한 적이 있다. 평일 대회에 참가하다보니 나를 알고 있는 동호인 저마다 한마디씩 했다. 개교기념일이라고 하얀 거짓말을 하는 가운데 예선전이 시작되었다. 첫 게임은 쉽게 이겼는데 예선전 두 번째 시합 도중 갑자기 팔꿈치가 아프기 시작했다. 서브를 넣지 못할 정도로 통증이 심했다. 어렵게 이 멀리까지 수업도 못하고 겨우 빠져 나왔으므로 꼭 우승을 하고 가야한다는 마음으로 끝까지 버텼다.

예선전을 겨우 마무리한 후 막간을 이용하여 곧장 약국으로 갔다. 약사에게 사정을 이야기하니 바로 낫게 해주겠다며 진통제를 주었다. 파트너에게는 팔이 아프다는 것을 비밀로 하고 약을 먹은 뒤 다시 본선 게임에 들어갔다. 약을 먹어서인지 신기하게도 그렇게 통증을 느꼈던 팔이 언제 아팠냐는 듯 시합에 임할 수 있었다.

그 덕에 본선 1회를 무사히 통과하고 2회전 32강에 들어갔다.

그런데 이상하게 팔은 아프지 않은데도 공이 잘 맞지 않았다. 아마도 같은 클럽 사람이 상대편에 있어서 그렇지 않을까 싶었다. 난 생각했던 것보다 멘탈이 약한가 보다. 대회에 나가서도 매번 아는 사람을 만나면 제대로 실력 발휘를 못 하곤 한다. 그날도 잡념이 많아 시합에 집중하지 못하고 어느새 2대 5가 되었다. 이대로 한 게임만 지면 난 집으로 가야 했다.

갑자기 정신이 번쩍 들었다. 그때부터 공에만 집중해서 최선을 다해 난 역전을 하여 16강에 진출했다. 그 다음 경기부터는 그다지 큰 무리 없이 결승까지 계속 이기면서 올라갔다. 결승전은 대구인 우리 팀과 대전팀이 붙게 되었다. 의외로 결승전은 아주 쉽게 6대 2로 마무리했다. 드디어 개나리부에서 국화부로 등극하였다. 상금으로 100만 원도 받고 국화부로 등극하여 많은 축하도 받았다. 이 모든 것이 마냥 기쁘고 행복했다.

그리고 나서 몇 년의 세월이 흘렀을까? 이젠 국화부에서 우승을 해야 한다고 생각했다. 그러던 어느 날 혼복 대회를 하여 결승까지 간 적이 있었다. 그런데 파트너를 구하기가 쉽지 않아서 여러 번 대회에 참가했는데도 입상을 못했다. 8강에서 만나서 6대 0으로 이긴 팀이 있는데 그때는 상대편 남자 선수 때문에 우리가 이긴 적이 있다. 여자 선수는 남자 파트너보다 훨씬 잘 쳤다. 그 경기로 인하여 난 경화 씨를 알게 되었다. 현 경찰이라는 경화 씨는 여자부에서 상위 그룹에 속한다.

어느 주말, 진주 국화부 시합에 나갔는데 중간에 경화씨를 만나게 되었다. 우연히 화장실을 가면서 대화할 기회가 생겼다. 언제 한번 대회에 같이 나가자고 하니 흔쾌히 오케이 해주었다. 드디어 나도 우승자와 시합을 나간다고 생각하니 기분이 좋았다. 주말에만 시합에 나가다 보니 늘 좋은 파트너를 구하지 못해서 아쉬웠는데 우승 경력도 있는 경화씨가 파트너로 함께 나간다면 나도 입상할 수 있을 거라고 생각했다.

열심히 연습하면서 대회가 열리기를 기다리던 중, 경북대 테니스장에서 열리는 쉬메릭배 국화부대회에 드디어 경화씨와 함께 뛰게 되었다. 시합을 시작할 때부터 주변 사람들이 우리 팀을 보고 우승 조라며 수군수군하였다. 나도 반드시 우승할 수 있을 거라고 믿었다.

예선전을 뛰었는데 파트너가 편해서인지 아니면 공을 잘 쳐서인지 정말 쉽게 2승을 하고 본선에 진출했다. 점심 식사 이후 본선 1회전이 끝나자, 그전과는 달리 바람이 많이 불고 날씨가 좋지 않았다. 평소 바람 부는 날 공치기를 싫어하는 나로서는 힘이 들었다. 예선 때 펄펄 날면서 뛰어다니던 내 모습은 온데간데없고 무기력하게 공을 제대로 넘기지 못하여 본선 2회전에서 탈락하고 말았다.

"게임 아웃!"

할 때는 속에서 눈물이 날만큼 아쉬웠다.

'정말 어렵게 얻은 파트너인데……. 다시는 이런 멋진 파트너를 구할 수 없을 거야.'

라고 생각하니 더욱 안타까웠다.

그런데 상대편과 마지막 악수를 하고 헤어질 즈음이었다.

"다음에 한 번 더 대회에 같이 참가해줄 수 있어요?"

하고 경화 씨가 물었다.

"좋아요."

생각할 여지도 없이 나도 모르게 얼른 대답을 해주었다.

2016년 2월, 대구 쉬메릭테니스대회를 마치고 나서 두 달 뒤였다. 그해 4월, 나는 다시 경화 씨와 함께 전국비슬산배 테니스대회[14]에 참가하였다. 예선전부터 8강까지는 논공에 있는 테니스장에서 경기를 하였는데 예선전을 무난히 1등으로 통과하고 본선 1~2회전에서도 쉽게 이겨서 드디어 8강에 도달하였다. 체력이 떨어져서인지 어이없게 경기가 흘러 6게임을 먼저 선취해야 하는데 2대 5로 마지막 매치포인트가 되었다.

'공 하나만 실수하면 이번에도 우승을 못하고 8강에서 끝날지도 몰라.'

문득 이런 생각이 머릿속을 스치자, 난 온 힘을 다해 아주 적극적으로 움직이기 시작했다. 어느 순간 경기는 5대 5 타이브레이크

---

14 국화부

가 되어 있었다. 타이브레이크는 게임과 다르게 7포인트를 먼저 따내는 팀이 승리한다. 어렵게 거기까지 갔는데 2대 6으로 또 지고 있었다. 이번에도 한 포인트만 더 잃으면 지는 것이다. 가까스로 그것도 버텨 내어 8대 6으로 역전승이 되었다. 이미 해는 져서 어두운 밤이 되어 있었다. 테니스장의 나이트가 우리를 환하게 비추고 있었다. 해가 지는 것을 느낄 새도 없이 우승을 위해 아침부터 지금까지 뛰었던 것이다. 역전한 것이 얼마나 기쁜지 이루 말로 표현할 수 없었다.

하지만 그것도 잠시, 다시 4강을 하려면 화원 테니스장으로 이동해야 한다. 시간은 벌써 밤 9시. 30분간 자가용으로 이동하여 도착해보니 과거 배구 국가대표선수이자 부산 출신의 명희 씨가 우리를 기다리고 있었다. 명희씨는 그 당시 전국생활테니스 국화부에 랭킹 1위 선수다. 파트너는 영주에 살고 있는 미숙 씨. 또한 나보다 늦게 국화부에 올라왔지만 상위급이다. 이렇게 늦은 밤인데도 관중이 아주 많았다.

'난 시합에 출전해서 지면 바로 집으로 가는데 사람들은 그렇지 않구나.'

하는 생각을 하며 시합 코트에 들어갔다.

약간 겁을 먹고 경기를 시작하다 보니 들어가자마자 바로 0대 2. 하루 종일 경기하면서 화이팅만 조금 했을 뿐 아무 말도 하지 않던 파트너 경화 씨가 한 마디 했다.

"우리 3등까지 왔으니 선생님 마음대로 공쳐요!"

그 한 마디 말이 얼마나 큰지 그 이후부터는 또 다시 테니스공에 빠져 이리저리 쫓아 다녔다. 상대가 랭킹 1위라는 것도 잊은 채……. 한참을 게임에 임하다 보니 5대 2 매치포인트가 되었고 결국 6대 2로 승리하여 드디어 결승에 진출하였다.

시간이 많이 늦은 터라 쉬는 시간도 없이 곧바로 결승전이 시작되었다. 밤 10시인데도 코트장을 가득 채운 사람들이 응원을 하고 있었다. 나를 위해 박수쳐 주는 이도 있고……. 8강이나 준결승보다는 조금 수월하게 시합을 이길 것 같았는데 이번에는 4대 2로 앞서다가 거꾸로 4대 5로 역전이 되었다. 또 다시 공 하나하나 정성을 들여 넘기다 보니 5대 5 타이브레이크. 타이브레이크에서 이기다 지다를 반복하다 결국엔 드디어 우리가 우승을 하였다.

시합을 모두 마치고 나니 밤 11시가 되었다. 시상식이 시작되고 사진 촬영과 인터뷰를 했다. 대수롭지 않게 인터뷰 한 것이 유튜브에 나올 줄을 그때는 몰랐다. 기자는 이렇게 질문을 했다.

"상금 120만원[15]으로 무엇을 할 건가요?"

"해외여행을 갈 거예요."

하고 멋지게 말했으면 좋으련만,

"여기저기 내가 소속되어 있는 클럽에 찬조 조금하고 한잔해야

---

15 각 60만원

지요."

하고 말해버렸다.

'에구.'

지금 생각해보면 많이 부끄럽다.

이렇게 난 국화부에서 1회 우승자가 되었다. 앞으로는 시합 나갈 때 우승자와 나갈 수 없다고 했다. 그래도 난 좋았다.

3. 재수

나는 실패를 정말 많이 했다. 지금 돌아보면 재미있는 실패들이다.

초등학교에 입학할 때도 생일이 늦은 조카[16]보다 한해 늦게 입학해서 조카와 동네 또래 친구들이 가방을 메고 학교 가는 것을 구경만 하고 있었다. 초등학교에 입학하고 나서도 반 친구들이 한 살 어리다는 생각에 나도 모르는 새 혼자가 되어 외롭게 보냈다.

그렇게 6년을 소극적으로 보내다가 중학교 들어갈 때쯤 갑자기 큰 오빠가 중학교에 가지 말라고 해서 어린 마음에 가고 싶었지만 갈 수 없었다. 그리고 1년간 재수를 하면서 늘 교복 입고 등교하는 친구들을 장독대 위에서 마냥 내려다보았다. 매일 매일 나도 꼭 중학교에 가겠다고 다짐하면서…… 도서관이 없고 만화방이

---

16 큰 언니 딸

있던 시절, 친구들이 모두 학교에 가고 나면 혼자 만화방에서 하루를 보냈다. 간절히 기도하면서 보낸 1년. 드디어 나도 중학교에 입학하여 교복을 입게 되었다.

'두 살 어린 동생들과 공부해도 괜찮아. 난 이 자리에 있잖아.'

하고 스스로를 위로하며 열심히 중학교 생활을 하였다. 입학한 후 얼마 지나지 않아 내가 제일 좋아하는 아버지가 갑자기 돌아가시면서 소극적이던 나는 더 작아지고 웅크러들게 되었다.

어릴 때부터 운동은 잘했지만 두뇌는 뛰어나다는 생각을 하지 않았던 나는 고등학교를 들어가야 하는데 하면서 벌써부터 걱정이 되기 시작했다.

'어떻게 하면 돈을 들이지 않고 학업을 계속 할 수 있을까?'

이렇게 고민하면서 하루하루 학교생활을 하였다.

1학년 마칠 즈음 테니스부에 합류하면서 국가대표가 되겠다는 꿈을 가지고 수업시간 외 모든 시간을 운동[17]에 투자하였다. 3학년이 되어 고등학교 원서를 낼 즈음 난 또 다시 갈림길에 섰다. 고등학교에 특기자로 갈려면 상장이 필요하다는데 나에게는 없었다. 왜냐하면 내가 연습하던 중학교는 남녀공학으로 난 남자가 있는 곳에서 여자로서는 혼자 훈련을 했기 때문이다. 육상과는 달리 테니스는 개인전으로 시합에 참가할 수 없었다. 끝내 난 또 다시

---

17 테니스 연습

고등학교를 가지 못한 채 3수 재수생이 되었다. 그때 상장의 필요성을 절실히 느끼며 1년 동안 열심히 달리기 시작했다.

그 당시 예산동중학교와 같은 재단 안에 있는 예산고등학교는 테니스부와 육상부가 있었다. 이른 새벽 5시가 되면 고등학교 육상부에 합류해서 매일 절룩거리며 달렸다. 여학생이 남자 선수들을 따라 뛰다 보니 얼마 되지 않아 난 절름발이가 되어 있었다. 무릎이 퉁퉁 부어서 침으로 물을 빼면서도 난 쉴 수가 없었다. 아니 포기할 수 없었다. 단 한 번도 학교를 떠나 산다는 것을 생각해 본 적이 없었다. 절룩거리는 다리로 하루 종일 훈련을 하고 집으로 돌아오면 따뜻한 물수건으로 혼자 밤새 찜질하는 것이 전부였다. 아픈 다리로 밤새 찜질을 하다가 새벽이 오면 난 또 다시 훈련을 하러 나가곤 했다. 그래도 여름에는 괜찮았는데 겨울에는 칠흑처럼 어둡고 추워서 힘들었다. 선수들이 일어나기 전에 난 미리 가서 기다려야 했다. 때로 늦게 가게 되면 어디로 갔는지 몰라서 그날은 훈련에 참가할 수 없기 때문이었다. 훈련 장소는 주로 도로를 달리는데 매일 가는 코스가 다르다.

그렇게 1년이 다 되어 갈 때 기쁜 소식이 들려왔다. 드디어 상장을 딸 수 있는 기회가 생긴 것이다. 대전 한밭마라톤 일반부 5km에 참가하게 되었다. 그동안 아픔을 참고 어떻게 이겨냈는데 1등은 당연히 내가 해야 한다고 생각하며 출발했다. 열심히 달려서 1등으로 골인하였다.

펜팔하던 친구가 이곳에 오면 마음껏 운동할 수 있다고 권해주었던 것이 생각나 11월, 육상 상장 달랑 한 장을 들고 한 번도 가보지 않았던 인천체육고등학교에 찾아갔다. 충청도 예산에서 기차를 타고 지하철을 타고 또다시 버스를 타고 인천체고 테니스부 훈련장을 찾아갔다. 육상은 상장을 따기 위해 훈련을 한 것이지 실제로 내가 좋아하는 운동은 테니스였다. 다시 도전해서 국가대표가 되어 내 이름을 세상에 알리고 싶었다.

나만큼 괴짜인 박인철 선생님은 테스트를 한 후, 곧바로 훈련에 참여하라고 하셨다. 그때부터 난 운동 그리고 공부를 마음껏 펼쳤다. 이렇게 난 인생에 3번 재수하여 고등학교에 들어갔다. 고등학교 3년도 운동과 공부를 열심히 병행하여 대학에 들어갈 때는 재수하지 않고 바로 입학할 수 있었다. 그렇게 늘 열심히 살아온 덕분인지 정말로 난 재수를 하지 않고 대학에 갈 수 있었다.

그렇게 살아오다 보니, 결혼을 하여 두 명의 자녀를 키울 때도 재수생을 만들면 안 된다는 생각에 자신의 실력에 비추어 조금 낮추더라도 딸, 아들 모두 수시합격으로 대학교를 보낼 수 있어서 얼마나 다행인지 모른다. 내 자식들에게만큼은 재수를 해서 동생들과 학교에 다니게 하고 싶지 않았기 때문이다.

그러나 현직에 나와 30년 세월을 지내다 보니 그 또한 부질없다는 것을 알게 되었다. 나이 어린 동기들 덕에 나도 젊게 살 수 있더라는……

X.

쿨-다운

충청도 시골에서 태어나 대구에서의 예순까지 짧지 않은 거리를 지루해하지 않고 즐겁게 달려오고 있다.

다소 속도는 느려졌을지언정, 나는 오늘도 내 삶의 보폭으로 내 인생 트랙을 달리며 저기 보이는 내 아름다운 삶의 길에 발자국을 새기고 있는 중이다.

42.195km를 달리며 달려온 길을 뒤돌아보지 않았다. 그러나 삶은 뒤돌아보니 반갑고 애잔하고 소중하다.

어릴 적 아버지, 엄마, 언니, 오빠가 있었고, 유년 시절 모퉁이마다 소중한 인연들이 이리 오라고 손을 흔들어 주었다. 어른이 되고 인생의 큰길로 들어서니 나의 사랑 나의 새 가족들이 함께였다. 남편과 그와 나를 닮은 사랑하는 아이들이 그곳에서 나의 손을 잡고 달려주고 걸어주었다.

오솔길 새 소리처럼 내 곁에서 재잘거리던 수많은 나의 제자들이 교사인 나의 품에 안겨있었다. 교직이라는 활공장에서 비상하고 날갯짓을 할 때 나를 격려하고 도와주었던 동료들이 있었고 사이사이 골목길마다 소중한 인연들이 참 많이 있었다.

교장이라는 꿈을 이루고서는 맑은 눈의 사랑스러운 아이들, 그리고 언제나 보는 것만으로도 힘이 되어 주고픈 선생님들을 만나게 되었다. 때론 큰 파도가 치고 폭풍우가 내리는 날들도 있었지만 큰 비가 다녀간 후에 찾아 온 한없이 맑고 깨끗한 햇살을 나는 매일 내리쬐며 행복하게 살아가고 있다.

'나'라는 사람을 한 마디, 한 문장으로 정의할 수 없다. 그러나 한 순간도 게을리 살지 않은 나는 열정이라는 두 글자로 감히 줄여보고 싶다. 무엇이 정점인지 절정인지 잘 모르지만 유년 시절 시골에서의 넉넉한 사랑으로 시작된 워밍업, 그리고 젊은 시절 스스로를 채찍질하고 담금질하며 뜨겁게 전력 질주를 했고 피니쉬 라인에서 두 손 높게 들어 만세도 외쳐보았다. 그리고 지금은 속도를 조금 줄이고 나를 온전히 찾아가고 있는 쿨다운의 시간을 보내고 있다.

어느 하나 소홀할 수 없는 인생의 순간들을 그 시간에 가장 알맞은 스텝으로 열심히 달리고 있는 중인 것이다.

별이 반짝이는 밤을 지나 푸르디 푸른 여명을 풍경 삼아 매일같이 달렸고 달리고 달릴 것이다. 차갑고 상쾌한 공기가 나의 온몸과 마음으로 들어오면 비로소 내가 살아있다고 느낀다. 불그

스름 밝아오는 새로운 날의 태양처럼 나는 늘 붉게 열정적으로 타오를 것이다. 그리고 언제나처럼 열정을 기록하고 나를 새길 것이다. 그 과정을 짧게나마 기록으로 남기며 이 글을 줄이고자 한다.